ご存じ、白猫ざむらい

猫の手屋繁盛記

かたやま和華

集英社文庫

目次

ご存じ、白猫ざむらい

猫の手屋繁盛記

昔取った杵柄《きねづか》

一

近山宗太郎《ちかやまそうたろう》は、叩《たた》けばほこりが出る身体《からだ》だった。

人でありながら奇妙奇天烈《きてれつ》な白猫姿をしているのであるから、きれいな身体であろうはずがない。

「かといって、脛《すね》に疵《きず》を持っているわけではない」

年用意の餅を搗《つ》く声が四方八方から聞こえる、歳暮の朝のこと。

日本橋長谷川町《にほんばしはせがわちよう》の表通りを行く宗太郎は、松葉に似たひげをからっ風に震わせながら独りごちた。ほこりが出るといっても、何かやましいことを隠しているとか、後ろ暗いことをしているとか、そういうわけではない。

「いや……、まぁ、姓を偽っているやましさはあるが」

近山宗太郎の近山というのは、仮初めの苗字だ。歴《れつき》とした旗本の惣領息子《そうりようむすこ》に生まれたものの、話せば長いようで短いようなすったもんだがあり、今はつましい浪人になりすまして裏長屋に暮らしていた。

もっとも、このごろの宗太郎は猫の手屋宗太郎と名乗ることのほうが多い。世のため、人のため、ひいてはおのれのため、猫のため、宗太郎は百の善行を積むべく、町の人々に〝猫の手〟を貸すことを生業《なりわい》にしていた。

よろず請け負い稼業、猫の手屋。

この暮らしを始めてまもなく二度目の正月を迎えるが、ありがたいことに商売は上々だった。裏長屋での暮らしにもすっかり慣れた。あずき色の肉球のある手にも、三つ鱗《みうろこ》の形をした耳にも、長くひんなりしたしっぽにも、

「そこそこ慣れたものである」

慣れとは恐ろしいものである、とも宗太郎はつぶやいた。もふもふのもののけ、ならぬ、もふもふのもののふ、として市井で暮らしていくことに、気づけばさほど不便さを感じなくなっているのだ。

むしろ、猫は人よりも耳の聞こえがよいので、足音だけで裏長屋に誰がやって来たのかがわかるようになった。猫は人よりも鼻が利くので、遠くの屋台のうまそうなにおいを嗅ぎ分けられるようにもなった。猫は人よりも夜目が利くので、夜半の厠《かわや》でうっかりイトドを踏み潰すなんていうこともなくなった。

「そこそこ便利なのである」

うなずきかけて、宗太郎は首を振った。

「いやいや、それがしは猫ではない。人であるとも。武士であるとも」

やはり慣れとは恐ろしい、と宗太郎はもう一度つぶやいた。

そんな宗太郎だが、長屋暮らしをするにあたって、どうにもひとつだけ慣れないものがあった。

「三日月長屋には内風呂がないのである」

これは何も三日月長屋に限ったことではなく、江戸中の長屋や商家に内風呂がなかった。日本橋駿河《するが》町《ちょう》や日本橋大伝馬《おおでんま》町《ちょう》あたりに卯建《うだつ》を上げる大店《おおだな》であっても、設《しつら》えがないのが当たり前だった。

それというのも、湯を沸かすには火を使う。火事の多い江戸では火とは之繞《しんにゅう》をかけて慎重に扱うもののため、手間も暇も薪《まき》代もかかる内風呂は、大名屋敷やよほどの旗本屋敷でないと持てないのだ。

「父上の拝領屋敷にはあった」

宗太郎の父はよほどの旗本なので、芝《しば》は愛宕下大名小路《あたごしただいみようこうじ》の拝領屋敷には内風呂があった。屋敷内には厠もあった。それが当たり前だと思っていたので、宗太郎は三日月長屋にやって来たばかりのころ、長屋の人々と共用の厠や、町の人々と共用の銭湯に戸惑いを隠せなかった。

厠が共用なのはまだいいとして、内風呂がないと銭湯までわざわざ湯浴みに行かなければならない。夏場は井戸端で行水を使う手もあるが、冬場にそれをやってはさすがに心の臓が凍り豆腐になってしまう。

そうでなくとも冬というのは、

「ほこりはほこりでも、土ぼこりが厄介であるからして」

冬の土ぼこりは、宗太郎にとって夏の汗よりも厄介なものであった。顔や身体を覆う泡雪の毛皮から、叩けばいくらでも土ぼこりが出た。

ここのところ、江戸市中は雲ひとつない冬晴れの好天が続いていた。最後に雨粒が地面に染みを作ったのはいつだったか、すぐには思い出せないほどに長いこと、お湿りがなかった。長谷川町の表通りも新道もからっからに乾ききっているため、宗太郎が一歩足を運ぶごとに土ぼこりが舞うありさまだった。

加えて冬から春先にかけて、江戸ではよく西寄りの北風が吹き荒れた。からっ風とも呼ばれるこの北西の風は、容赦なく土ぼこりを舞い上げて回った。

その土ぼこりを、宗太郎の全身を覆う泡雪の毛皮が吸い上げてしまい、叩いても叩いても一向に取れないのだ。

「そこで湯屋《ゆや》である」

江戸では、ざっと一町に一軒は銭湯があった。

江戸っ子は湯浴みが好きだ。朝にひとっ風呂、昼にひとっ風呂、晩にひとっ風呂、そんな調子で日に三度も四度も銭湯にやって来る者もざらにいるそうだ。

「それがしも湯浴みは好きである」

今、宗太郎が向かっている先も、長谷川町の銭湯だった。宗太郎はたいがい朝湯で毛皮の土ぼこりを洗い流してから、その日の仕事に出かけるようにしていた。

銭湯のことを京坂では風呂屋、江戸では湯屋と呼ぶことが多い。風呂屋も湯屋も身分に関係なく、武士も、大店の旦那も番頭も手代も、裏長屋の大家も店子も、みな等しく同じ湯につかる。

「そうはいっても、猫となるといかがなものか」

無論、宗太郎は人である。武士である。

「そうであっても、見た目は限りなく白猫というのが面倒であるからして」

もっと言えば、宗太郎の見た目は限りなく化け猫だった。

事情を知らない人なら、銭湯に化け猫が出たと仰天すること間違いない。

事実、これまでにも何度も宗太郎は悲鳴をあげられた。事情を知っていたとしても、宗太郎と銭湯で鉢合わせるたびに、あからさまに顔をしかめる者もいた。

犬猫にご利益がある三光稲荷《さんこういなり》を氏神とする長谷川町は、表店も裏店も、どこもかしこも、犬好き猫好きばかりが暮らしている一風変わった土地だ。このことは奇妙奇天烈な白猫姿の宗太郎にとってありがたくもあり、ときにありがた迷惑でもあるわけだが、少し前に起きた犬猫合戦を忘れてはいけない。

「この長谷川町にも、猫が苦手な御仁はいる」

かくいう宗太郎も、かつては猫が苦手だった。昼と夜とで形を変える猫の目も、斜に構えたような猫背も、足音を立てずに忍び歩くさまも、何もかもが不気味でならなかった。銭湯で気味の悪い猫と裸の付き合いをするくらいなら、川で行水を使って河童《かっぱ》に尻子玉を抜かれるほうがまだましと考える者だっているかもしれない。

それなので、宗太郎は銭湯では極力長居をしないように心がけていた。湯船にも入らない。流し板と呼ばれる洗い場の端に寄って毛皮をざぶざぶと洗うだけ洗ったら、あとは頭から湯を浴びて、すぐさま脱衣棚の並ぶ板の間に引っ込むようにしていた。

「たまには湯船に沈んで存分に温まりたいと思うが、この業の深い姿では冷え者どころの話ではないゆえな」

江戸っ子は湯船に入るとき、先に湯につかっている人たちに『冷え者でござい』などとひと声かけてから足を踏み入れるのが礼儀となっていた。冷えた身体でごめんくださいよ、と断りを入れるというわけだ。

「猫でござい、と声をかけても、声をかけられた方も戸惑うだけであろうし」

それに、湯船に猫の毛を浮かべるのも気が引ける。

「むう、三日月長屋に内風呂があれば」

堂々めぐりなのである。

さて、こうしてぶつぶつと独りごちているうちに、宗太郎は長谷川町の銭湯銭洗湯《ぜにあらいゆ》の表入り口までやって来ていた。銭洗湯の表入り口は男湯と女湯に分かれており、どちらにも〝ゆ〟の字を白く染め抜いた紺暖簾《こんのれん》がかかっていた。

宗太郎が男湯の紺暖簾を揺らして土間に顔をのぞかせると、

「こりゃ、猫先生、おはようございます」

と、高座に座る銭洗湯の主人、富兵衛《とみへえ》が口をとがらせて言った。

口をとがらせてはいても、富兵衛は宗太郎が銭洗湯にやって来るのを煙たがっているわけではない。生まれ持って、そういう顔つきをしているだけだ。馴染《なじ》みの浴客からは『タコ旦那』と呼ばれていた。

「猫先生ではありませんが、おはようございます」

もそもそと言い直して、宗太郎は高座に座る富兵衛に湯銭の八文を手渡した。

高座とは湯銭のやり取りなどをする台のことで、男湯と女湯の両方を見渡せるように一段高いところに位置していた。富兵衛がタコ旦那と呼ばれるのは顔つきによるところが大きいが、この高座がタコ壺《つぼ》のように見えるという洒落《しゃれ》もあった。

男湯側の土間には、そこそこの数の履物が散らばっていた。

「富兵衛どの、今朝の銭洗湯は混んでいるようですな」

「そうですねぇ、年の瀬の慌ただしさもあるんでしょうかねぇ。女湯でしたら、いつもどおり静かなもんなんですけどねぇ」

「女湯……」

「猫先生も、たまには女湯でのんびりなすってはどうです?」

長屋のおかみさんも商家のお内儀も、朝は食事の支度に後片付け、掃除に洗濯と忙しい。朝湯の時分に銭湯にやって来るのは男ばかりで、女湯はたいてい空《す》いていた。

八丁堀あたりの銭湯では、その空いている女湯に与力や同心が当たり前のように入って行くそうだ。

しかし、ここは長谷川町であって八丁堀ではない。宗太郎は与力や同心ではない。ついでに猫先生でもない。

「それがしは男湯で結構」

宗太郎は草履を脱ぐと、そそくさと板の間に上がった。

板の間は脱衣の場にあたり、脱いだ衣類を入れておく棚が壁に沿って並んでいた。板の間の先に続くのが、洗い場にあたる流し板だ。板の間と流し板の境には仕切りがないので、湯浴みをしている男たちの姿がよく見渡せた。

「まずは刀を預けるとしよう」

宗太郎はにぎやかな流し板を横目に、銭湯の二階座敷へと続く階段を上った。武士の魂とも言うべき腰の大小は、本来ならば肌身離さず持ち歩くべきものではあるが、いくらなんでも両手に捧《ささ》げ持ったまま湯浴みをするわけにはいかないので、武士はまず二階座敷へ上がり、刀掛けに大小を預けてから湯浴びをした。

銭洗湯の刀掛けは、階段を上り切ってすぐの壁面にあった。いつもは宗太郎のほかにほとんど使う者がいない刀掛けだが、この朝はすでに一振りの大刀が預けられていることに気がついた。

「茶石目塗《ちゃいしめぬ》り鞘《ざや》の大刀……」

ここ銭洗湯では、初めて見る大刀だった。

「はて、脇差は」

武士ならば大小の二本差しのはずだが、刀掛けには大刀しかなかった。

「脇差は質草にでもなったか」

大刀の持ち主は、一本差しの食い詰め浪人なのかもしれない。

脇差を手放すくらいなのだから、よほどかつかつの暮らしをしているのだろうが、見たところ、大刀の拵《こしら》えは手入れが行き届いているようだった。特に宗太郎の目を引いたのが、黒鮫皮《くろさめがわ》に黒糸の柄《つか》だった。

「黒鮫皮の柄下地……」

太平の世の江戸期の柄下地は白鮫皮が知られているが、戦に明け暮れていた戦国期などは汗や血に濡《ぬ》れて鮫皮がふやけることがないように、漆で黒く塗り固めた黒鮫皮が多く使われていたそうだ。

という話を、宗太郎は幼いころに父から聞いたことがあり、有事の際に鮫皮ひとつで遅れを取ることがないように、自分の大小の柄下地を黒鮫皮にしていた。

「この長谷川町で、よもや黒鮫皮を見ようとは思わなかった」

宗太郎がいつまでも刀掛けの前から動かないでいると、

「猫先生、おはようございます」

と、背後から二階番頭の初吉《はつきち》に声をかけられた。

「猫先生ではありませんが、おはようございます」

宗太郎は肩越しに顔だけで振り返って、初吉にあいさつをした。

初吉は鬢《びん》のあたりに白いものが目立つ、銭洗湯の古参の奉公人だ。小柄な身体つきの割に頭だけが目立って大きいので、一階の『タコ旦那』にちなんで、二階の『タコ番頭』と呼ばれていた。二階番頭は刀掛けの見張り番をしながら、二階座敷のあらゆることを取り仕切る立場にあった。

「そのお刀が気になるとは、猫先生もお目が高い。そちらはですね、最近こちらにお通いくだすっている用心棒の先生のお腰のものなんですよ」

「用心棒の先生？」

「ええ、大門通りの表店に雇われているみたいですよ。年の瀬、商家は売掛金の回収で金子《きんす》が飛び交いますからね。用心棒も稼ぎどきなんでしょうね」

「ほう」

用心棒ならば、刀にこだわりを持っていて当然だ。宗太郎のような道場剣法あがりとは違い、真剣勝負に慣れている人物なのかもしれない。

「お若い先生なのですか？」

「いえいえ、不惑過ぎの年かさの先生で」

「ほう、年かさの先生ですか」

「それでいて、筋金入りの遊び人で」

「なぬ、遊び人」

「ええ、あのお背中はよほど……」

「背中？」

「ええ、二の腕にかけてあっぱれな……」

「二の腕？」

「いえいえ、よほどあっぱれな腕に覚えがある先生なのでございましょうね」

宗太郎も剣の腕には覚えがある。この業の深い姿になる前は、下谷御徒町《したやおかちまち》にある剣術道場で師範代を務めていた。

浪々の身となり生計を立てるにあたって、筋金入りの石部金吉《いしべきんきち》である宗太郎はよろず請け負い稼業を選んだが、筋金入りの遊び人である〝先生〟は用心棒稼業を選んだ。

「そういうことか」

自分の選ばなかった道を歩む〝先生〟に、宗太郎は俄然《がぜん》興味が湧いた。

「どのような御仁なのであろう」

二階の刀掛けに大刀があるということは、持ち主は今、一階で湯浴みをしているはずだ。流し板か板の間で横顔を見ることができるであろうか、と宗太郎は急にそわそわとし出した。

「初吉どの、それがしの大小をよろしくお願いいたします」

「はいはい、ゆっくり湯にあたってくださいましよ」

宗太郎は腰に差した大小を刀掛けに預けると、早々に一階へ引き返した。

ちなみに、宗太郎の大刀は黒鮫皮に黒糸、黒叩き塗り鞘だ。石目塗りも叩き塗りも表面に細かな凸凹のあるざらりとした仕上がりなので、鞘を落としたり、ぶつけたりしても、それほど傷が目立たない利点があった。

宗太郎が〝先生〟の大刀に目を留めたように、

「先生も、それがしの大刀の黒鮫皮に気づいてくれるであろうか」

そんなことを考えながら階段を下りる宗太郎の長くひんなりしたしっぽは、ピンとまっすぐに立っていた。猫がしっぽをまっすぐに立たせるのは、上機嫌であることを周囲に知らしめる狼煙《のろし》のようなものだった。

「やぁやぁ、今日の猫太郎さんもいい毛皮でございますね。やっぱり白猫は薄汚れてちゃいけませんものね」

「宗太郎です。それがしは白猫ではありませんぞ」

「えぇえぇ、今日の猫太郎さんもいいふぐりでございますね。やっぱり雄猫は立派なもんぶら下げてないといけませんね」

「宗太郎です。それがしは雄猫でもありませんぞ」

湿気のこもる銭湯の流し板は、話し声がよく響いた。

ふぐりにいいも悪いもあるものか、と思いつつ、宗太郎は長くひんなりしたしっぽを太ももにぱたぱたと叩きつけながら、手拭いでそっと股座《またぐら》を隠した。猫がしっぽをぱたぱたと叩きつけるのは、上機嫌から一変して不機嫌になっている狼煙だ。

宗太郎が脱ぐものを脱いで素っ裸になったとき、流し板には顔なじみの紙問屋のご隠居がひとりいるだけだった。こちらのご隠居、もとは面倒くさがりで銭湯嫌いだったらしいのだが、宗太郎の毛皮やふぐりを間近で見たいがために銭洗湯に通うようになり、すっかりなじみの浴客になってしまったという生粋《きっすい》の猫好きだった。

「猫太郎さんはきれい好きでお偉いですね。うちの猫たちは水も湯も大嫌いでしてね、生まれてこのかた身体を洗ったことがないんですよ」

さもありなん、と宗太郎はうなずいた。井戸端で犬が身体を洗われている光景はときどき見かけるが、猫が洗われているところは見たことがない。猫は自分で毛皮を舐《な》めて汚れを落とすので、湯浴みとは無縁の生き物なのだ。

「宗太郎です。それがしは猫ではないので、できるだけ湯屋へ通って身体を洗うようにしているのです」

律儀に答えながらも、宗太郎は金色の目で流し板をぐるりと見回した。

奥に見える石榴口《ざくろぐち》の中から、男たちの豪快な笑い声が漏れ聞こえていた。今しがたまで流し板でわいわいと騒ぎながら身体を洗っていた男たちが、一斉に湯船に移動したようだった。

板の間と流し板の境に仕切りはないが、流し板と湯船の境には湯が冷めないようにする工夫で、石榴口と呼ばれる箔《はく》押《お》し朱塗りの戸板が立てられてあった。戸板は低い位置まで下りているので、流し板から湯船にいる男たちの姿は見えなかった。

「湯船がにぎやかですな」

宗太郎は熱々の湯を桶《おけ》に張りながら、ちらちらと石榴口を見やった。

「銀《ぎん》の字《じ》さんがいらしているときは、いつもにぎやかなんですよ」

「銀の字さん？」

「用心棒をなすっている先生がおいでになっているんですよ」

「その先生とは年かさの？　遊び人の？」

「えええ、色男の先生です」

「なんと、色男」

用心棒の〝先生〟は筋金入りの遊び人で、色男でもあるらしい。

石榴口の中からは、ひっきりなしに笑い声が聞こえていた。この声のひとりが〝先生〟こと『銀の字さん』なのだろうかと思ったら、宗太郎は気になってならなかった。

「猫太郎さんも、たまには湯船で温まったらおよろしいのに」

「いえ、それがしはカラスの行水で結構」

叩けばほこりが出て、猫の毛が抜ける身体で湯船につかるわけにはいかないので、宗太郎はひとまず流し板の隅で毛皮を洗いながら『銀の字さん』を待つことにした。

江戸では身体を洗うとき、米糠《こめぬか》を使う。壁に向かってしゃがみ込んだ宗太郎は使い捨ての糠袋を使って、両手両足の肉球から腋《わき》の下、しっぽの先まで、全身をごしごしと力を込めてよく洗った。

「ヘソも忘れずに洗わねばな」

毛皮に隠れてよく見えないため、この業の深い姿になったばかりのころの宗太郎は猫にはヘソがないのかと思っていたが、猫にだってヘソはある。ただ、穴という穴になっているわけではないので、ヘソのゴマが溜《た》まる心配がないのは幸いだった。

「乳首も洗っておこう」

同じく毛皮に隠れてよく見えないが、猫にだって乳首はあった。人だったころは左右にふたつしかなかったが、猫には六つも八つもあるのだから驚きだ。

続いて、毛深い顔も洗った。

「ああ、いいですね、猫太郎さん。そうやって、お顔までよく洗ってくださいましよ。ここのところの江戸は晴れ続きでいけませんから」

猫が顔を洗うと雨になる、とご隠居は言いたいのだろうが、あいにく宗太郎は毎朝顔を洗っていた。洗っているのに、連日、江戸に雨は降らなかった。

「それがしは猫ではないので、顔を洗っても雨は降りませんぞ」

「猫神さまが顔を洗っても雨は降らないんですか？」

「それがしは猫神でもありませんぞ」

ご隠居に話しかけられるたび、宗太郎は生真面目《きまじめ》にひとつひとつ言い直していたが、次第に面倒臭くなってきたので、ここからはもう顔を洗うことだけに集中するようにした。猫は顔も頭も同じ毛皮が生えているので、顔を洗っているうちにだんだんと頭まで、さらに三つ鱗の形をした耳まで洗っていた。

「ぬっ」

つい力み過ぎて、糠袋から飛び出た米糠の塊が右目に入った。

「うおう」

宗太郎は糠袋を放り出して、右目に入った米糠を洗い流すために手探りで桶をさがした。たかが米糠、されど米糠、痛くて目を開けることができなかった。

「ぬっぬっ」

湯を張って手もとにおいてあったはずの桶が、どこにもなかった。宗太郎がどうしたものかと取り乱していると、

「若《わけ》ぇの、どうしたい？　目に糠でも入《へえ》ったかい？」

と、不意に頭上から、どこの誰とも知れない男の声が降ってきた。

宗太郎は目を開けるために猫の手で右目をこすろうとしたが、

「おっと、こすっちゃいけねぇよ。ほらよ、オレが頭から湯をかけてやっから、ゆっくり顔を洗いな」

「いや……」

結構、と一度は断ろうとした宗太郎だったが、

「……お頼み申す」

と、ここはおとなしく猫背を丸めて男に頭を突き出すことにした。

裏店暮らしで、宗太郎もお節介のやり取りを覚えた。男は口調こそ伝法《でんぼう》だが、声音からは面倒見のよさのようなものがひしと伝わってきた。

「若ぇの、その猫耳は塞がねぇでいいのかい？　猫ってのは耳に水が入《へぇ》ると死んじまうんだろう？」

「それがしは猫ではないのでお気遣い無用です」

宗太郎は猫耳をせわしなく前に後ろにと動かした。仮に猫であったとしても、耳に水が入ったくらいでは死なない。

ただ、猫の耳は王朝文学でも『むつかしげなるもの』と表現されているように、少々複雑な造りになっている。奥まで水が入り込めば耳の病になり兼ねないので、気をつけるに越したことはないそうだ。

という話を、宗太郎は三光稲荷を寝床にしている鉢割れ猫の千代紙《ちよがみ》から聞いたことがあるので、もしも海や川にざぶんと潜らなければならないようなことがあったら、そのときは気をつけようと思っている。

「本当にでいじょうぶなんだろうな？」

「大丈夫です」

「死なねぇだろうな？」

「死にません」

しつこいくらいの念押しの末、男が頭からゆっくりとお湯をかけてくれた。二杯、三杯とかけてもらい、宗太郎はようやく目を開けることができた。

「かたじけない」

目の痛みも取れ、宗太郎は男を見上げた。

上背のある、恰幅《かっぷく》のいい男だった。湯気がむんむんと立ち込める中で、男の二の腕に博徒彫《ばくとぼ》りがあるのが見えた。火消しか、鳶《とび》の者か、いずれにしても職人なのだろう。気風《きっぷ》のいい御仁に助けられたと思った宗太郎だったが、やがて湯気が晴れて男の顔がはっきりと見えたとき、我が目を疑った。

「な……、なんと⁉」

米糠の塊が目に入ったことで、宗太郎は目がおかしくなったのかと思った。

「ち、ち、ち……」

「おう、オレは近山銀四郎《ぎんしろう》でい」

「ち……、近山？」

「あるときは遊び人、あるときは用心棒、しかしてその正体は」

「正体は……」

「人呼んで、桜吹雪の銀の字でい」

そう言うと、男は見得を切るように片腕を突き出して見せた。その腕から背中にかけて、桜吹雪の博徒彫りを背負っていた。

「さ……くら……」

あっぱれな桜に、宗太郎はまばたきを繰り返した。

男は彫りの深い目鼻立ちをしていた。その顔を、宗太郎はよく知っていた。髷《まげ》は遊び人風に結い直せても、顔の造作までは変えられない。

当人はあるときは遊び人、あるときは用心棒になりきっているようだが、男の正体は桜吹雪の銀の字とやらではなかった。

「ち、ち、ち……」

めまいがして、宗太郎はその場にひっくり返ってしまった。

「おうおう、若ぇの、でいじょうぶかい」

宗太郎はあずき色の肉球のある猫の手で頭を抱えた。

「だから言ったろうが、猫ってのは耳に水が入ると死んじまうって」

首を振って、宗太郎は松葉に似たひげをしょぼつかせた。

あるときは遊び人、あるときは用心棒、またあるときは桜吹雪の銀の字、しかしてその正体は……。

父上！

と、宗太郎は心で叫んで目を回したのだった。

二

宗太郎は着るものを着て銭洗湯の二階座敷へ上がると、日の当たる窓辺に座って、改めて近山銀四郎と向き合った。

「そうかい、若ぇのは近山宗太郎ってぇのかい。同じ近山なら、オレたち、ご先祖さまが同じなのかもしれねぇな。ハハハ」

「先祖……」

「ひょっとして、オレたち、顔も瓜《うり》ふたつだったりするんじゃねぇかい。ハハハ」

「瓜ふたつ……」

あぐらに頬杖《ほおづえ》をついて豪快に笑っている銀四郎は、いなせな髷と着流し姿でいかにも遊び人といった風体に見えた。口調も仕草も慣れているというか、堂に入っているというか、付け焼刃の扮装《ふんそう》とはとても思えなかった。

「そのう……、父上でございますよね？」

宗太郎は周囲を気にして、声をひそめて問いかけた。二階座敷は風呂上りのひと時を楽しむ男たちでかなり騒がしかったが、万が一にも誰かに聞かれては困る話だ。

宗太郎が名乗っている『近山宗太郎』も、桜吹雪の銀の字が名乗っている『近山銀四郎』も、世を忍ぶ仮の名である。ふたりには素性を明かせない理由があるのだ。

「銀の字でい」

銀四郎がしれっと言い放った。顔や声音は飄々《ひょうひょう》としていたが、まっすぐに宗太郎を見つめ返してくる目には底知れぬ力があった。

この目は間違いなく父の目だと、宗太郎は思った。多くを語らず、目で語るところが父にはあった。

宗太郎はひげ袋を丸まこく膨らませて、しばし考え込んだ。

父は愛宕下大名小路に拝領屋敷を構える、歴とした旗本だ。宗太郎に事情があるように、父にも父なりの事情があって今は名ばかりの閑職に追いやられてはいるが、本当ならば公儀の要職を担う有能な幕吏なのである。父には間違ったことはしない頑固さがあり、また、意味のないことをしない見識もあった。

その父がわざわざ遊び人に扮して長谷川町の銭湯にいるということは、

「何かよんどころない事情があるのではあるまいか……」

無理押しして父上と呼び続けても、

「藪蛇《やぶへび》になるだけではあるまいか……」

ここが思案の置きどころだった。えい、ままよ、と腹を括《くく》った宗太郎は、開き直って銀四郎の小芝居に乗っかってみることにした。

「では……、銀四郎どのと呼ばせていただきます」

「おう。浪人同士、気楽にやろうぜ」

ふたりの間には、銀四郎が初吉に用意させた寿司が並んでいた。

ふだん、宗太郎は二階座敷に長居することはないのだが、男湯にしかないこの二階座敷というところは、本来はこうして飲食をしたり、おしゃべりに興じたりしながら、いくらでも長居していい場だった。

ただし、只《ただ》というわけにはいかない。二階座敷に上がるためには、茶代としてまず八文かかった。さらに寿司や菓子などを注文すれば、そのつどお代を取られた。

「遠慮はいらねぇよ。食いな」

「ありがとうございます」

銀四郎はぱくぱくと寿司を口に運んでいたが、宗太郎はまだめまいがしているようで食欲どころではなかった。

「なぁ、若ぇの」

「は、はい」

宗太郎は猫背になっていた背筋を伸ばした。

「おめえさんの生業は猫の手屋って言ったかい？　聞いたことあるぜ。長谷川町には白猫姿のさむれぇがいて、猫の手を貸してくれるんだってな」

「それが、それがしの仕事ゆえ」

「今日もこのあと、仕事かい？」

「いえ、今日はこれといった依頼は入っておりません」

「おうおう、そんなんで食えていけんのかい？」

そう言ったあとで、銀四郎が窓の外から聞こえてくる町内の音に耳を傾けた。年用意の餅を搗く声が、遠く近くの商家や長屋からひっきりなしに聞こえていた。

「ああ、そうかい。この時期は猫の手より鳶の手ってことかい」

「はい、そうなのです」

猫の手屋は猫の手も借りたいほどせわしない人、または困っている人たちに猫の手を貸すのが仕事だが、実は世の中がもっとも慌ただしくなる歳末の宗太郎はそれほど忙しくなかった。餅搗きと門松飾りというこの時期ならではの依頼を請け負うのは、町内の鳶の者たちと決まっているからだ。

鳶の者たちが商家の店前や、長屋の木戸前に杵《きね》と臼を持ち込んでにぎにぎしく餅を搗く光景は、江戸の歳末の風物詩となっていた。この餅搗きの請け負いは師走《しわす》の十五日ごろから始まって大晦日《おおみそか》の明け方まで続き、連日夜更けまで、次第には夜を徹して町内を回り歩いても追いつかないほどの繁盛ぶりなのだそうだ。

今まさに窓の外から聞こえているにぎにぎしい声も、鳶の者たちのものだった。

「それがしでは、鳶のみなさんの手際のよさにはかないませんゆえ」

「辛気くせぇおめえさんじゃ、鳶のやつらの威勢のよさにはかなわねぇだろうからな」

「は、はい」

宗太郎はしっぽりと濡れた鼻を舌先でペロリと舐めて、今度は自分から話を振った。

「ところで、ちち……、いえ、銀四郎どのは、この長谷川町の銭洗湯にはよくおいでになられるのですか?」

「おう、この近くの表店で用心棒してっからよ」

そう言ったあとで、

「ってことになってるからよ」

と、銀四郎が小声で楽屋を明かしてくれた。

宗太郎はハッとして銀四郎を見つめ返した。銀四郎は口の端を上げて、茶目っけたっぷりに笑っていた。

「実を言うとよ、オレにもおめえさんぐれぇの年の倅《せがれ》がいるのよ」

「倅が……」

「その倅ってのがよ、粋がって家を飛び出しやがって、この江戸の空の下で手に職を持ってるみてぇなんだよな」

「いえ、それがしは粋がったわけでは……」

「達者にやってるようだが、ちっとも顔を見せねぇ」

「それは、ご迷惑になってはいけないと思いまして……」

「心配かけられるぐれぇなら、迷惑かけられてぇのよ。それが親ってもんで、親心ってもんだろうよ」

「親心……」

迷惑をかけるより、心配をかけるほうが親不孝なのではないかということは、宗太郎もうすうす気づいていた。日本橋橘町《たちばなちょう》のひょうたん長屋に暮らす人相見のあすなろ先生に猫の手を貸したときに、それは確信に変わった。

「親ってぇのはよ、倅がどんだけでっかくなっても、ナリが変わっても、顔を見ていてぇもんなのよ」

銀四郎が、遊び人から父の顔になった。じっと顔をのぞきこまれて、宗太郎は返す言葉がなかった。

二階座敷に上がってすぐ、銀四郎は『オレたち、顔も瓜ふたつだったりするんじゃねぇかい』と笑ったが、人だったころの宗太郎はよく父に似ていると言われていた。すっかりナリの変わってしまった今の毛深い顔では、どこがどう似ていたのか、もはや面影をたどるのは難しいが、ふたりは間違いなく同じ先祖を持つ親子なのである。

「不義理を致しており、申し訳ありません」

宗太郎は親不孝を恥じ入った。新年は拝領屋敷で迎えるつもりでいることを告げておこうとすると、

「まったく血は争えねぇな」

と、銀四郎が顎に米粒のついた顔で言った。

「オレも若ぇころに家を飛び出して、町をふらふらしてたことがあったのよ」

「は、はい」

「昔取った杵柄っていうのかね、あれをもういっぺんやってみたくなったのよ」

「もういっぺん……」

「桜吹雪の銀の字をよ」

「桜吹雪の……」

宗太郎の目が銀四郎の顎の米粒から、二の腕へと移った。流し板で見た桜吹雪の博徒彫りが思い出された。

思えば、宗太郎が父の博徒彫りをあそこまではっきりと見たのは、今日が初めてのことだった。拝領屋敷には内風呂があったので、ときどき『お背中を流しましょうか』と宗太郎から声をかけることがあったが、父は頑《かたく》なに拒んでいた。町をふらふらしていた若いころに彫ったという桜吹雪を見られたくないのかと思っていたが、先ほどは流し板でずいぶんと誇らしげにしていた。

いや、今こうして話している間も父は実に誇らしげだ。

「どうよ、この格好似合ってんだろう?」

銀四郎がいなせな髷を撫《な》であげた。

「この大刀もいいだろう?」

銀四郎が右手に置いた茶石目塗り鞘を叩いた。

「その大刀は、ちち……、いえ、銀四郎どのの腰のものだったのですね。長谷川町の湯屋で、これほどの拵えを目にするとは思いませんでした」

刀掛けにあった茶石目塗り鞘の大刀は、父の腰のものだったのだ。

しかしながら、父が普段差しているのは黒呂塗り鞘の大小だ。幕臣が登城の際に差す大小は、白鮫皮に黒糸の柄、黒呂塗り鞘と決まっていた。

「これは替えの大刀で、お忍びのときにしか差さねぇ」

「お忍び……」

つまり、今日こうして銭洗湯にいるのも、お忍びというわけだ。

「あの……、大刀だけなのですか？　脇差は？」

「遊び人には一本差しがちょうどいいのよ」

そう言う銀四郎の腰には、脇差の代わりに蝙蝠扇《かわほりおうぎ》が差してあった。

見事に、父は桜吹雪の銀の字になりきっていた。父の顔から、すっかり遊び人の顔に戻っていた。顎には米粒がついたままだったが。

「ちち……、いえ、銀四郎どのは何ゆえ……」

と、宗太郎が問いかけたとき、初吉が新しい茶を運んでくれた。

「用心棒の先生、熱いお茶をどうぞ」

「おう、気が利くな。寿司には熱い茶じゃねぇとな」

銀四郎が人懐っこい笑みを浮かべた。

「猫先生は、猫舌でも飲めるように温《ぬる》いお茶をどうぞ」

「お気遣い、かたじけない」

宗太郎も笑顔を振りまけばいいのかもしれないが、猫の笑いは見ようによっては化け猫が舌舐めずりしているようにも見えるので、ひと言言うだけに留めた。

銭洗湯は富兵衛も初吉も犬派やら猫派やらのこだわりはなく、犬猫ならなんでもこい派なので、宗太郎にはありがたいふたりだった。

「先生がた、お気が合うようでようございますね」

「おうよ、噂《うわさ》の猫の手屋のさむれぇに会えてうれしいぜ」

「猫先生は長谷川町の顔でございますからね。ただの化け猫ではないんですよ。わたくしどもに猫の手を貸してくださる、ありがたい化け猫でございますからね」

「若ぇのは化け猫じゃねぇよ。白猫姿のさむれぇよ」

白猫姿のさむれぇ。

宗太郎が言い直す前に、銀四郎が初吉に言い直してくれたことが、宗太郎にはたまらなくうれしかった。

「おう？　若ぇの、どうしたい？　ひげひくつかせて、腹でも痛《いて》ぇのかい？」

「いえ……、腹は痛くありません」

うれしくて笑っていただけなのだが、宗太郎の限りなく猫に近い顔では腹を痛がっているように見えたらしい。

別の浴客に呼ばれて初吉が離れると、銀四郎が湯気の立つ茶をすすりながら言った。

「で、なんでい？　さっき、なんか言いかけてただろう」

「は、はい。ちち……、いえ、銀四郎どのは何ゆえ、いえ、その前に顎に米粒がついております」

「ついてるんじゃねぇ、つけてるんでい」

銀四郎が親指で米粒を拭い、ぺろっと舐めた。その仕草も言い訳も子どもじみていて、宗太郎は危うく笑いだしそうになってしまった。

「なんでい、尻がかゆいのかい？」

「尻はかゆくありません。それはさておき、何ゆえ、銀四郎どのは銭洗湯へおいでになられていたのかと思いまして」

「この近くの表店で用心棒してっからよ」

『ってことになってるからよ』というのは、先に聞いた。

そうではなくて、何ゆえ、昔取った杵柄で桜吹雪の銀の字になり、この近くの表店で用心棒していることになっているのか、宗太郎はそれを知りたかった。

「実を言うとよ、オレにもおめえさんぐれぇの年の倅がいるのよ」

それも先に聞いた。

それも先に聞いた。

「その倅ってのがよ、粋がって家を飛び出しやがって」

「この長谷川町で手に職を持ってるみてぇなんだよな」

「それも先に聞き……、はい？」

「おめえさん、八丁堀の旦那は女湯で朝湯につかるってのは知ってるかい？」

「はい？　は、はい」

いきなり話が飛んだので、宗太郎はしどろもどろになった。

「なんで女湯なのかも知ってるかい？」

「朝は女湯が空いているからなのでしょう」

「それもある。だが、本当のところは壁に耳があるからよ」

そう言うと、銀四郎は二階座敷を見回した。

いろいろな男たちが、めいめいに寛《くつろ》いでいた。食べ物代八文で注文した大福餅を頬張るお気楽そうな若旦那、仕事を怠けてごろごろしている若い職人、いびきをかいている年増の物売り、口喧嘩《くちげんか》をしながら将棋を指しているご隠居たち。

「湯屋ってとこには老いも若きも、町人も武士も、それこそ善人も悪人もやって来る」

「銀四郎どののような遊び人も」

「若ぇのみたいな白猫姿のさむれぇも」

宗太郎と銀四郎はどちらからともなく顔を見合わせて、含み笑った。

「人が集まれば、噂話も集まる。急に羽振りのよくなった奴《やっこ》さんがいるとか、近ごろ見かけねぇ顔があるとか、反対に近ごろ見るようになった顔があるとか、どこそこに金貸しの取り立てが来ていた、誰それが奉公先でヘマやらかしたってなもんで、素っ裸になって気が大きくなるのか善人も悪人もよくしゃべる」

「なるほど、いかにも」

「八丁堀の旦那は女湯で、そうした噂話に聞き耳立ててんのよ。何が捕り物の足掛かりになるかわかんねぇからな」

「さようでありましたか」

「オレがこの銭洗湯にいるのも、噂話に聞き耳立てるためよ。何が倅の消息の手掛かりになるかわかんねぇからな」

「ほう、さようで……」

うなずきかけて、宗太郎はじっと父の目を見返した。

「倅……どのの消息を……？」

「息災でやってんのか、肩身のせめぇ思いはしてねぇか、事によっちゃ、他人《ひと》さまに迷惑をかけちゃいねぇか。本人が言ってこねぇなら、こっちから聞きに行くまでよ」

「それで銭洗湯へ？」

「倅はよっくやってたぜ。町で頼りにされてたぜ。ナリが気味わりぃの悪くねぇの抜かしゃがる野郎もいたが、そういうやつらには湯船で屁《へ》ひっかけといてやったぜ」

力んでしゃべっていたからか、銀四郎が屁をこいた。

宗太郎は、たまらず猫の手で目頭を押さえた。

「おうおう、屁が目にしみたかい」

「いえ……、その、寿司の酢が鼻にツンと……」

胸に込み上げてくるものがあり、目から鼻からじんじんと熱くなった。

倅に会いに行くのではなく、倅の噂話を『聞きに行く』というところが、いかにも父らしいと宗太郎は思った。表立って息子に手を貸すようなお節介はしないが、親不孝者だからといって手を振り払うようなこともしない。

猫の手屋が繁盛していることもあって、ここのところの宗太郎は一端《いっぱし》に独り立ちした気になっていたが、どっこい、まだまだ父の手のひらの上にいたことを痛感した。

父の手は、きっとお釈迦《しゃか》さまの手よりも大きいのだろう。

「親心とは果てしないものでありますな」

宗太郎はもごもごと言って、赤くなった目をごまかすために、わさびの利いていそうなコハダの寿司に手を伸ばした。

そのとき、にわかに階下が騒がしくなった。

「なんでい?」

銀四郎が階段を振り返った。

——板の間稼ぎだ！

階下からは、そんな怒声が聞こえていた。

「若ぇの、板の間稼ぎだってよ」

言ったが早いか、銀四郎は茶石目塗り鞘をつかんで床板を蹴っていた。

「あっ、ちち……、いえ、銀四郎どの」

しんみりと親子の情に感じ入っていた宗太郎は、とっさの出来事にすぐには頭が追いつかなかった。

銀四郎と初吉が、まず階段を駆け下りていった。ほかの浴客たちも、なんだ、どうした、と騒ぎながらぞろぞろと後に続いていた。

宗太郎は口の中のコハダを茶で胃の腑《ふ》へ流し込むと、野次馬の最後尾から銀四郎を追いかけた。手には黒叩き塗り鞘をつかむことを忘れない。

それにしても今の父の顔、

「父上は……、親心で銭洗湯へおいでになられていたんですよね？」

先駆けとなって一階へ下りていく顔が、いたく楽しげに見えた。

父には間違ったことはしない頑固さがあり、また、意味のないことをしない見識もあった。一方で、おもしろそうなことはとことん楽しむ痛快さがあることを、宗太郎は今の今まで忘れていたのだった。

『板の間稼ぎ』とは銭湯の板の間で盗みを働くこと、または、そうした盗っ人そのもののことを言った。宗太郎が一階の板の間に下りたとき、富兵衛と初吉の前で背の高い色白の優男が深々と頭を下げていた。

「相すみません。わたくし目が悪いもので、手前の小袖と他人さまの小袖を取り違えて着込んでしまいました」

優男が着ているのは、茶色縞《ちゃいろじま》のめいせんの小袖だった。裄丈《ゆきたけ》が合っておらず、手首も足のくるぶしも出てしまっていた。

「取り違えたで済む話じゃないんですよねぇ。その小袖、お前さんにはどう見たってつんつら短いでしょう？　仕立てのいいめいせんとわかって、盗《と》るつもりで着込んだんじゃないんですかねぇ」

と、富兵衛が口をとがらせて言った。口から墨でも吐きそうな形相だった。

いつもはタコ壺の高座から出ない富兵衛だが、珍しく板の間に下りてきていた。

板の間稼ぎには金品を盗む手口のほかに、粗末な古着でやって来て、美服で帰るという手口もあった。今回は後者のほうで、優男は絹織物であるめいせんを盗み着て帰ろうとしたところを見咎《みとが》められたようだった。

宗太郎は野次馬が輪になっている板の間をうかがい、銀四郎の姿をさがした。

銀四郎は優男のすぐ後ろで、双方の言い分に耳を傾けていた。

「おおう、あんなところに」

宗太郎は野次馬を掻《か》き分《わ》けて、銀四郎の横に並んだ。

「ちち……、いえ、銀四郎どの、野次馬もほどほどに」

「こういうときは、どっちの言い分もきっかり聞いておかねぇといけねぇのよ」

銀四郎が小指で耳の穴をほじりながら言った。濡れた板の間が掃き清められたお白洲《しらす》にでも見えているのだろうか、父はそれこそ昔取った杵柄の顔をしていた。

女湯から声がかかったので、富兵衛がここで一旦高座に戻った。

代わって、初吉が優男を問《と》い質《ただ》す役目に回った。

「お前さん、長谷川町では見ないお顔ですけど、どこのどちらさんで？」

「はい、わたくしは両国の芝居小屋で役者をしている利太郎《りたろう》と申します。このあたりには芝居で使う品々を扱うお店が多いので、買い物でやって参りました。そのついでに、朝湯に立ち寄らせていただきました」

江戸で芝居小屋というと浅草猿若町《あさくささるわかちょう》の芝居町にある官許の中村座《なかむらざ》、市村座《いちむらざ》、河原崎座《かわらざきざ》の三座のことをいうが、実際はそのほかにも、両国西広小路などには宮芝居と呼ばれる小屋掛けの芝居小屋がいくつかあった。

役者というのはみながみなこうも優男なのであろうか、と宗太郎はよく知る江戸三座の役者の顔を思い浮かべて、すぐに手で振り払った。

「あやつのことはどうでもよい」

この場は父のこと、銀四郎のことだけに気持ちを集中させなければならなかった。

「あの宮芝居の役者、ずいぶんと堂々としてやがんな」

そうつぶやく父は、目の前の騒ぎに興味津々のようだった。

「役者というのは面《ツラ》の皮が厚い者が多いのでしょう」

「本当に取《と》り違《ちげ》えただけなのか、開き直ってるだけなのか……、さてどっちでい」

銀四郎が、ふっ、と息を吐いて小指についた耳垢《みみあか》を吹き飛ばした。

「こちらさんは、こう言っていますけれどもね」

と、初吉が振り返り、手拭いで股間を隠している若い男へ声をかけた。

「儀蔵《ぎぞう》さん。この役者さんが着ている茶色縞のめいせんは、儀蔵さんの小袖ということでお間違いはございませんですか？」

「はい。わたしの小袖です」

若い男は寒そうに歯を鳴らしながら早口に答えた。

「ほう、儀蔵さんの小袖であったか」

宗太郎が声にすると、銀四郎がすかさず訊《き》いてきた。

「誰でい、ギゾウって？」

「八百屋東屋の倅どのです」

「いえ、儀蔵さんは犬好きですので……。ですが、同じ町内におりますので、あいさつぐらいは交わします」

「犬好きだの、猫好きだの、長谷川町ってとこは面倒くせぇな」

ふたりがそんな話をしていると、高座から富兵衛が戻ってきた。

「さてさて、初吉、板の間稼ぎはどうなったかい？」

「はい。この茶色縞のめいせんは儀蔵さんの小袖で間違いないようでございます」

「やっぱり。この人がふんどしだけ締めて一向に襦袢《じゅばん》を手にしないもんだから、怪しいと思ったんだよねぇ。ありゃ、他人さまの小袖を物色していたんだろうねぇ」

タコ旦那とタコ番頭が顔を突き合わせて、どうしたものかと思案しだした。

「おうおう、板の間稼ぎに最初に気づいたのはタコ旦那なのかい？」

銀四郎が唐突にふたりの中に割って入って行くので、宗太郎はギョッとした。

「ちち……、いえ、銀四郎どの、お控えになって」

「タコ旦那、どうなんでい？」

「はいはい、銀の字さん、わたくしがはじめに気づいたんですよ。ふんどし一丁で板の間をうろうろしていると思ったら、やっと着込んだのがつんつら短い小袖です。それも仕立てのいいめいせんの小袖です。そりゃもう、怪しいったらないでしょう」

「親しいのかい？」

「ふうん、何から何まで怪しいな」

銀四郎が話に乗ってくれたことがうれしかったのか、タコ旦那こと富兵衛は鼻息を荒くして胸を張っていた。顔は茹《ゆ》でダコのように赤かった。

「次にヨタロウにも訊きてぇ」

「利太郎です。のぎへんの利に、桃太郎の太郎です」

「おう、利太郎かい。おめえさん、さっき、目がわりぃって言ってたな。てめえの小袖と他人の小袖を取り違ぇただけってのは、本当かい？」

「はい、お騒がせして申し訳ございません」

「口から出まかせ言ってんじゃねぇのかい？」

「滅相もございません」

「嘘《うそ》吐《つ》くと舌抜かれるぜ？」

銀四郎が威嚇するように顔を近づけていっても、利太郎は慌てず騒がず、眉尻を下げて困ったように微笑《ほほえ》んでいるばかりだった。目が、箸でつまみ上げたひじきのように細い。この目がカッと見開かれることはあるのであろうか。

ふうむ、と宗太郎はつぶやいた。

「盗っ人の疑いをかけられているというのに、よくも笑っていられる」

その落ち着きぶりが、宗太郎にはかえって怪しく思えた。

「よっし、そいじゃこうしよう。取り違えたってぇんなら、利太郎、おめえさんの小袖を見せてもらおうじゃねぇか」

さらに出しゃばる銀四郎を、富兵衛も初吉も野次馬もさらりと受け入れていた。用心棒の先生として、あるいは『銀の字さん』として、銀四郎は銭洗湯にまるっきり溶け込んでいるようだった。

「利太郎がてめえのもんじゃねぇ小袖を着込んでたのは、今ここにいる奴さん方が証人でい。これは動かしがてぇ事実でい」

ふんふん、と奴さん方がうなずいた。

「となりゃあ、利太郎の小袖とギゾウの小袖が取り違えるほど似てるかどうか、これまた、ここにいる奴さん方に証人になってもらえば話は早《はえ》ぇ」

ほうほう、と奴さん方がうなずいた。

父上、ここはお白洲ではありません！

と、宗太郎ひとりだけが内心ハラハラしていた。

「ああ、そうでございますね。まずは脱いでお詫《わ》びをしないといけないところ、わたくしときたらいつまでも……」

そう言うと、利太郎はふんどし一丁になり、脱いだものを丁寧にたたんで、何度も頭を下げながら儀蔵に茶色縞のめいせんを返した。

「人肌が残っていてお気分が悪いかもしれませんが、堪忍してください」

「あの、そのふんどしも……わたしのなんてことはありませんよね」

「ふふ、これはわたくしのでございます。芝居小屋では取り違えが多いので、ふんどしには印を付けてあるんです」

利太郎にふんどしの端の墨書きを見せられて、儀蔵はほっとした顔になっていた。

それから利太郎は細い目をさらに細めて脱衣棚を見回すと、ああ、とこぼして一枚の小袖を手に取った。

「ありました。これがわたくしの小袖です」

それが粗末な古着なら、美服を狙った板の間稼ぎの手口そのもので、もはや利太郎に言い逃れの余地はない。いくら目が悪いとはいえ、襤褸《ぼろ》と仕立てのいい小袖を取り違えるはずはないからだ。

富兵衛も初吉も銀四郎も、おそらく野次馬の誰もが、せいぜい着古した木綿縞《もめんじま》が出てくるのだろうと高を括っていたはずだ。

少なくとも、宗太郎はそうだった。江戸っ子は、わかりやすい勧善懲悪な筋立てを好むからだ。ところが、

「それが?」

と、つい宗太郎は口に出してしまった。

利太郎が広げた小袖は、真新しい桟留縞《さんとめじま》の小袖だったのだ。

三

めいせんは天保《てんぽう》年間になって盛んに織られるようになった太織の絹織物で、江戸から近い武州《ぶしゅう》秩父《ちちぶ》や八王子《はちおうじ》などが生産地として知られていた。上質な細い絹糸ではなく、玉糸を用いる太織は丈夫で汚れが付きにくいとあって、縞や絣《かすり》のめいせんは店者などの中流町人の外出着やふだん着として人気があった。

片や、桟留縞は古くからある舶来の綿織物だ。南蛮渡来ということで〝唐〟の字を付けて唐桟留、略して唐桟《とうざん》とも称される。木綿ながら絹のような風合いがあり、紺地に赤や浅黄などの色が入る特徴的な縞が珍重され、もっぱら裕福な粋人たちの晴れ着や外出着になっていた。

利太郎が自分のものだと言って広げた小袖は、この桟留縞だった。桟留縞は綿織物ではあるが、舶来品だけあって絹織物のめいせんより高値が付いた。

「利太郎、本当に本当かい？」

と、銀四郎が引き続き話の舵《かじ》を取った。

「その唐桟が、おめえさんの小袖で間違いねぇんだな？」

「はい、間違いございません」

野次馬がざわざわと騒ぎだした。とびきりの小袖が出てきたことで、利太郎の言い分に俄然《がぜん》筋が通るようになったからだ。めいせんも高価ではあるが、より高価な唐桟を残してめいせんを盗み着て帰っても、利太郎になんの得もないことは明らかだった。

「唐桟を着ている人が、めいせんを盗むなんてことあるだろうかね」

「ないだろうね。めいせんを着ている人が、唐桟を盗むっていうのならまだしもね」

と、宗太郎の横のご隠居たちがささやき合っていた。二階座敷で口喧嘩をしながら将棋を指していたふたりだった。

「タコ旦那」

「は、はい」

「利太郎は、この唐桟がてめえの小袖だって言ってやがる。どうだい、利太郎が銭洗湯に入ってきたときに何を着てたか、覚えちゃいねぇかい？」

「入ってきたときのこと……ですか。そうですねぇ。今朝はいつもより人の出入りが多かったものですから……」

「その多かった人の出入りのなかで、この唐桟に見覚えはねぇかい？」

「そうですねぇ。見たような、見ていないような……。朝湯のお客さんは唐桟をお召しになっている方が少なくないので……」

銀四郎の詮議に、富兵衛はどんどん声が小さくなっていった。

高座は湯銭の受け取りだけでなく、浴客の求めに応じて糠袋や櫛《くし》、軽石、爪切りなどの貸し出しも行っているため、ただ座っているだけのように見えて、これが存外せわしない。男湯だけでなく女湯にも応えないとならないので、富兵衛がすべての浴客の顔や着物を覚えていられるかといったら、それはなかなか難しいことだった。

また、富兵衛の言うように、朝湯には唐桟の小袖と羽織を着てやって来る浴客が多かった。朝からのんびり湯につかろうと考えるのは、大概が大店のご隠居や若旦那など、裕福な町人たちだからだ。この場だけでも、将棋を指していたご隠居たちと、大福餅を頬張っていたお気楽そうな若旦那が、まさに唐桟の小袖と羽織姿だった。

「よっし、そいじゃ、次にここにいる奴さん方に訊きてぇ。この唐桟に見覚えのあるやつはいるかい？　もしくは、そりゃオレのでいってなやつはいるかい？」

一同が顔を見合わせ、首を横に振った。

「いねぇってことは、この唐桟は利太郎の小袖で間違いねぇな？」

一同が顔を見合わせ、今度は首を縦に振った。

これを踏まえて、銀四郎が手打ちにするように両手を叩いた。

「ってことでい、利太郎。疑《うたぐ》って悪かったな」

「いいえ、こちらこそお騒がせいたしました」

銀四郎が話を進めている間、利太郎はずっとひじきの目で微笑んでいた。

「ってことでい、タコ旦那。利太郎は板の間稼ぎじゃねぇみてぇだぜ」

「えっ、あっ」

茹《ゆ》でダコのように赤かった富兵衛の顔は、今やイカの薄造りがごとく白かった。

野次馬の誰かが言うのが聞こえた。

「つまんないね、板の間稼ぎってのはタコ旦那の早とちりかい」

板の間にいた面々が、たちまち興醒《きょうざ》め顔《がお》になった。勧善懲悪を期待していただけに、拍子抜けしたようだった。

「だが、しかし」

と、宗太郎は舌の上でつぶやいた。

「茶色縞のめいせんと、紺地の桟留縞であるぞ」

色も手触りも違うことを思うと、いささか引っかかった。

「ああ……、なんてことでしょう。お客さん、疑って申し訳ありませんでした。ご不快な思いをさせてしまいました」

富兵衛は揉《も》み手《て》で平身低頭して、利太郎に詫びを入れていた。

「ご主人、どうぞ頭をお上げください。わたくしもおかしなことをしてしまい、申し訳ありませんでした」

利太郎はたたえた笑みを崩すことなく、落ち着き払っていた。

「あの、ちち……、いえ、銀四郎どの。今素っ裸のみなさんに、脱衣棚の自分の着物を確認するように言っていただけないでしょうか？」

耳打ちすると、銀四郎は底知れぬ力のある目で宗太郎を見つめ返し、

「おうおう、念のためでい、今素っ裸の奴さん方は脱衣棚を見てくんな。てめえの着物はちゃんとあるかい？」

と、何も訊かずに声を張りあげてくれた。

素っ裸の奴さん方は、儀蔵を含めて六人いた。我勝ちに脱衣棚に走った奴さん方だったが、みな自分の着物をすんなりと確認できたようだった。

「はてさて」

宗太郎は首を傾げた。

そんな宗太郎を流し見て、銀四郎が再び声を張りあげた。

「奴さん方、騒がせて悪かったな。銭洗湯はご覧のとおり、タコ旦那とタコ番頭がきっかり板の間稼ぎに目ぇ光らせてる湯屋よ。これからも大船に乗ったつもりで、湯船につかってくんな」

「大船と湯船で笑うとこかい、銀の字さん」

「わかってんなら訊くない」

「ハハハ」

奴さん方から突っ込みが入り、銭洗湯の板の間に笑いが起こった。

さすが父上である、と宗太郎はうなった。早とちりを、きっかり目を光らせていると言い換えて、富兵衛をさりげなく持ち上げたわけだ。

「しかも笑いまで取るとは」

ふだんから洒落のひとつも言えない宗太郎には、真似《まね》のできない芸当だった。

富兵衛は銀四郎と宗太郎にも、ぺこぺこと頭を下げていた。それがしは何もしていないのだが、と思いつつ、宗太郎はしっぽりと濡れた鼻を舌先でペロリと舐めた。

「それでは、みなさん、二階へお戻りください。お騒がせしたお詫びに、茶菓子をお出しいたします」

と、初吉が野次馬を引き取った。

「湯浴みの最中のみなさんも、お召し物に着替えたら二階へお上がりくださいな。本日は只でお楽しみいただきましょう」

と、富兵衛が大盤振る舞いを言い出すと、板の間はますます沸いた。

「若ぇの、オレたちも二階へ戻ろうぜ」

「はい」

狭い銭湯の階段を野次馬が一列でのぼっていくのを見上げながら、階段下で銀四郎が訊いてきた。

「若ぇの、さっき、脱衣棚を確認させたのはなんででい？」

「あ……、そのう」

「野生の勘で何か気になったかい？」

「もののふの勘で、いささか引っかかることがありまして」

「オレも遊び人の勘で、ちょいと引っかかってることがあるのよ。先に、おめえさんの勘から聞かせてくんな」

「は、はい。以前、どこかで聞いたことがあるのです。そのむかし、ふたり組の板の間稼ぎがいたという話を」

「ふたり組の板の間稼ぎ？」

銀四郎が腰に差した蝙蝠扇を取り出した。父が扇子をいじるのは、考えごとをするときにでる癖だった。

「ひとりは襤褸を着て、ひとりは美服を着て、時を示し合わせて湯屋にやって来るそうです。襤褸を着てきた男が、まず板の間で他人の美服を盗み着て帰ります。もしも見咎められたら、もうひとりの男が着てきた美服を広げて、これと取り違えただけと言い張って帰っていくそうです。美服と美服の取り違えであれば、誰も盗みを疑いません」

「なんでい、利太郎そのものじゃねぇかい」

「利太郎どのが自分の小袖だと言って栈留縞を広げたのを見て、ふっと、この話を思い出しました」

「見咎められたら、襤褸を着てきた男が、仲間の美服を着て帰るってことかい。美服を着てきた男は何を着て帰るんでい？」

「襤褸を着てきた男が残した、襤褸を着て帰ります」

「見咎められずに、襤褸を着てきた男がまんまと他人の美服を盗み着て帰ることができたときは？」

「美服を着てきた男は、そのまま美服で帰るだけです」

「ふてぇ野郎でい、失敗したときの逃げ道を用意して悪事を働いていやがんのかい」

銀四郎が片手で扇子を閉じたり開いたりしながら、板の間を見やった。

「その手口とすれば、利太郎は襤褸を着て銭洗湯へやって来たことになる。見咎められたんで、仲間の唐桟を広げたんだな」

「そうなると、板の間にはまだ素っ裸の仲間がいて、その者が利太郎どのの残した襤褸を着ることになるはずです」

宗太郎も金色の目で板の間を見た。

脱衣棚の前で、利太郎がちょうど栈留縞の小袖を着込んでいるところだった。めいせんは裄丈がてんで合っていなかったが、栈留縞はあつらえたように利太郎の身体にしっくりと落ち着いていた。

儀蔵を含む六人の男たちは、騒ぎで身体が冷えてしまったからか、石榴口をくぐって湯船に戻っていた。

「先ほど、脱衣棚を確認させたのは、おかしな素振りを見せる者がいないか見ておこうと思ったからです」

「でかしたぞ、若ぇの」

「ですが、みなさんにおかしなところはなく、真に自分の着物を心配しておりました。何より、六人はこの銭洗湯でよく見かける町内の御仁でした。そうした者たちが、馴染みの湯屋で板の間稼ぎの片棒を担ぐでしょうか？」

「まぁ、ふつうなら担がねぇよな」

ならば、利太郎どのの仲間はどこにいるのであろう？

仲間がいると決めつけてかかるのもよくないが、宗太郎は利太郎をほこりひとつない身体とも思えないでいた。

「若ぇの、利太郎は見たことのある顔かい？」

「いえ、初吉どのも言っていましたが、長谷川町では見ない顔です。宮芝居の役者と言っておりましたな」

「まぁ、ありゃ嘘だろう」

「えっ」

「両国の広小路は江戸いっちの盛り場だが、あすこは本来は火除《ひよ》け地《ち》よ。菰張《こもば》りの芝居小屋を建てられるのは明け六つ（午前六時ごろ）から暮れ六つ（午後六時ごろ）までで、夜には更地に戻さねぇとならねぇ。これはお上が決めたことだから絶対よ。その決まりごとのなかで毎日の興行を打つ宮芝居の役者が朝湯を楽しむなんざ、あり得ねぇ。昼日中は舞台に立ってるはずだろう」

「なるほど、いかにも」

本当に利太郎が宮芝居の役者ならば、湯屋へ行くのは芝居小屋を片付けたあとの暮れ六つ過ぎになるはずだ。

「それに、利太郎からは白粉《おしろい》のにおいがしねぇ」

「湯上りであったからでは？」

「役者なら爪んなかや耳の後ろ、うなじなんかから、洗っても洗っても白粉のにおいがするもんだろう」

「ほう、さようでありますか」

あやつはどうであったか、と宗太郎はよく知る江戸三座の役者を思い浮かべた。

あれはいつも甘い香りをさせていた。髪油の花の露、その香りが強くて白粉のにおいまでは気にとめたことがなかった。

「いやいや、あやつのことはどうでもよい」

「ああ？」

「い、いいえ。では、ちち……、いえ、銀四郎どのの遊び人の勘で引っかかっているのは、利太郎どのが役者ではないということでしょうか」

「おう。嘘つきは泥棒のはじまりだからな」

「嘘つきは……」

　宗太郎と銀四郎も、町の人々に嘘をついている。

「そういう意味じゃ、オレたちも泥棒でい」

　銀四郎が扇子で口もとを隠して笑った。

　宗太郎は父と秘密を抱え合っていることに戸惑う反面、ざっくばらんに向き合って会話ができることをうれしく思った。

　拝領屋敷では、宗太郎は父の背中ばかりを見ていた。父としても武士としても尊敬に値する背中、それでいて博徒彫りのあるどこか恐ろしい背中、それはとても追いつくことのできない大きな壁だった。

「ちち……、いえ、銀四郎どのは泥棒ではありません」

「おう？」

「大泥棒です」

「そんじゃ、おめえさんは泥棒猫かい?」

ハハハ、と銀四郎が声に出して笑った。

そのとき、にわかに二階座敷が騒がしくなった。

「なんでい?」

銀四郎が二階を見上げた。

――板の間稼ぎだ!

二階からは、そんな慌てた声が聞こえた。

「若ぇの、板の間稼ぎだってよ」

「なんともはや、先ほどまったく同じやり取りをした気がいたしますが」

今度は二階座敷で騒動が起きていた。何がどうなっているのやら、宗太郎はわけがわからず、銀四郎を追いかけて階段を駆け上がるのだった。


次から次へと、目まぐるしい朝だった。

二階座敷に板の間稼ぎが出た。最初に合財袋《がっさいぶくろ》の中身が消えていることに気づいたのは、口喧嘩をしながら将棋を指していた例のご隠居たちだった。

「冷えて腰が痛くなってきたものですからね、膏薬《こうやく》を売ってもらおうと思って合財袋を開けてみたんですよ。そうしたら、銀貨が全部なくなっていたんですよ」

と訴えるのは、唐物屋のご隠居だ。銭湯の二階では寿司や菓子のほか、湯上りに身体に貼る膏薬なども買うことができた。

「そうそう。それであたしも合財袋をのぞいてみたら、やっぱり銀貨が盗られていたんで、そりゃもうびっくりですわ」

と訴えるのは、履物問屋のご隠居だ。合財袋はこまごました物を一切合切入れておく袋のことだ。『切』の字では縁起が悪いので、『財』の字を当てて験を担いでいる。

大福餅を頬張っていたお気楽そうな若旦那も、金品を盗まれていた。仕事を怠けてごろごろしていた若い職人は何も盗まれてはいないようだが、そもそも金目のものを持っていないので盗られようがないとのことだった。

そうした中で、

「おいらの二十四両が……」

と、頭を抱えているのが、いびきをかいていた年増の物売りだった。

物売りの名は春造《しゅんぞう》、目鏡《めがね》売りだそうだ。二階座敷の階段際には、よく見ると目鏡の絵が描いてある荷箱が置いてあった。

「表小店を借りるための二十四両だったんですよ……。担ぎ売りをして三十年、ようやく貯《た》まった二十四両が……」

とのことで、二十四両もの大金が二階座敷にあったことを知り、初吉は藍甕《あいがめ》に落ちたみたいに真っ青になって、くちびるを震わせていた。

それだけではない。若旦那は吉原《よしわら》帰りだったそうで三両一分、ご隠居ふたりはそれぞれ一分銀二朱銀を一両近く盗まれているという。

この時代の一両は六千五百文相当だ。一両あれば、湯銭八文の銭湯に八百日以上通える計算になる。浴客が大金を持ち歩いていたことに、宗太郎は驚きを隠せなかった。

「やい、目鏡売りの馬鹿野郎め」

と、銀四郎が声を張りあげた。

「湯屋にそんな大金持ってくんじゃねぇ。表小店を借りるってぇ大事《でぇじ》があるときに、のんきに湯屋でいびきなんかかいてんじゃねぇ」

「ひっ、うっ」

目鏡売りの春造はくちびるが薄く、眉毛も薄く、ついでに鬢のあたりの髪も薄くなりつつあるという、ひっくるめて薄幸そうな顔をしていた。銀四郎の説教に震えあがっているので、

「ちち……、いえ、銀四郎どの、そう弱り目に祟り目《たため》なことをおっしゃらずに」

と、宗太郎はなだめ役に回った。銀四郎の言うことはまったくもってそのとおりで、宗太郎も春造に同情の余地はないと思ったが、盗られた側と盗った側のどちらが悪いの

かといえば、それは断然盗った側に違いなかった。

「責められるべきは、盗っ人です」

「違ぇねぇ、若ぇのの言うとおりでい」

銀四郎がお釈迦さまより大きな手で、宗太郎の背中を叩いた。

「ありゃ、煙管《きせる》も盗まれてますわ」

と、履物問屋のご隠居が将棋盤の横の煙草盆《たばこぼん》を引き寄せて言った。

「ああ、わたしも」

と、唐物屋のご隠居も肩をすぼめていた。

話をまとめると、一階で板の間稼ぎの騒ぎが起きたとき、二階座敷にいた若旦那、唐物屋のご隠居、履物問屋のご隠居、職人、目鏡売りの総勢五人が野次馬に走って一階へ押し寄せた。そのときに二階番頭の初吉も、銀四郎も宗太郎も階下へ向かってしまったため、二階座敷からしばし人の姿が消えた。

そのしばしの隙を狙って、二十四両もの大金と、合財袋の中身や煙管が奪われたようなのだ。

「そいで、目鏡売りは二十四両をどこに置いてたんでい？」

「は、はい。湯につかっているときは荷箱の中に、二階座敷に上がってからは合財袋に入れて手もとに……置いていました」

「手もとに置くなら手もとに置くで、しっかりつかんでやがれ」

「ひえっ」

銀四郎は目鏡売りに手厳しかった。

「しかしね、二階座敷にまで板の間稼ぎが出るとは思わなかったね」

「やられたね、二階はつつがないって思っているからね」

唐物屋と履物問屋のご隠居がそう言うように、板の間稼ぎは一階の板の間で起こるから板の間稼ぎなのであって、二階座敷ではみな油断していた。

「二階番頭さんまで一階に下りてはいけなかったんですよ。二階を預かる身なんですから、二階の見張りをしてくれないといけなかったんですよ」

と、お気楽そうな若旦那が初吉をなじった。本人いわく醤油《しょうゆ》酢問屋の跡継ぎらしいが、吉原帰りと聞くだに道楽息子なのだろう。

「申し訳ございません。申し開きもございません」

初吉は大きな頭を床板に叩きつける勢いで、一同に土下座をしていた。

「いやさ、初吉もうっかりだが、奴さん方だってうっかりだろうよ。大金の入った合財袋を置きっぱなしにして野次馬に走っちゃいけねぇよ」

「ちち……、いえ、銀四郎どの、そう傷口に塩を塗るようなことをおっしゃらずに」

宗太郎は銀四郎の袖を引っ張って、黙らせた。

銀四郎の言っていることは正しい。金目のものや、盗られて困るものは、肌身離さず持ち歩くべきだ。宗太郎と銀四郎は右手に置いていた武士の魂を、しっかりつかんでから階下へ向かった。

しかし、何度でも言うが、

「責められるべきは、盗っ人です」

このとき、とんとんと軽やかに階段をのぼる足音がして、にょいと一階から背の高い色白の優男が顔をのぞかせた。

「おや、みなさん、いかがしましたか？　おっかないお顔をして」

桟留縞を着込んだ利太郎だった。

「ああ、板の間稼ぎが出たんですよ！　おいらの二十四両が、二十四両が……！」

春造は利太郎に取りすがっていたが、取りすがる相手を間違えている。金品が盗まれたのだから、事の次第を急ぎ自身番に伝えるべきだ。

「初吉どの、それがしが自身番へ走って蝦蟇《がま》の権七《ごんしち》親分を呼んで参りましょうか？」

しかし、初吉は歯切れが悪かった。

「そうでございますね……。ですが、その前に、まずは高座の旦那さまにお伝えしてまいります。今度は早とちりではありませんので」

そう言うと、初吉は重い腰を上げるようにして一階へ下りて行った。

「おやおや、本物の板の間稼ぎが出たのですね。大変なことになりましたね」

と、利太郎が眉尻を下げて一同を見た。

「ご主人や番頭さんのお言葉に甘えてお茶を一杯いただこうかと思って上にあがりましたが、お取込みのようですので、では、わたくしはこれにてお暇《いとま》いたしましょう」

「ちょいと待ちな。取り込み中だからこそ、今は人の出入りを厳にしておきてぇ。利太郎、おめえさんもこっち来て座んな」

こっち、と銀四郎が利太郎を手招いたのは、二階座敷の最奥だった。

利太郎は相変わらずのひじきの目で微笑むと、すんなり言われたところへ座った。

「それにしても、板の間稼ぎはどこから来て、どこに逃げたんだろうね」

「ここは二階だからね、出入り口は階段か屋根づたいしかないね」

「屋根づたいは無理だろうね。暮れはあちこちで年用意の餅を搗いているから、鳶が杵を持ち上げたときに屋根に人がいたら大騒ぎだよ」

勝負が途中になっている将棋盤を挟んで、唐物屋と履物問屋のご隠居が盗《ぬす》っ人《と》さがしに興じだした。

「まさか、この中に盗っ人がいるんじゃないだろうね」

「いやだよ、おっかないこと言うんじゃないよ」

「わたしたちが一階へ野次馬に飛び出したとき、最後まで二階に残っていたのは誰だったろうね」

「いやだよ、その人が盗ったんじゃないだろうね」

それを聞いて、宗太郎はぼそっと答えた。

「それがしです」

ぼそっと言ったはずなのに、一同の視線が一斉に宗太郎に集中した。

「最後に二階座敷を出たのは、それがしです」

やや間があったのち、

「化け猫が……」

という誰の声とも知れないささめきが聞こえて、二階座敷の面々が途端にうろんな目で宗太郎を見るようになった。

「おうおう、奴さん方、若ぇのを疑《うたぐ》ろうってのかい？　そりゃいくらなんでも、お門違いってなもんだろう」

銀四郎が宗太郎をかばうように前に立った。

「猫の手屋猫太郎が猫の手を貸すのは、町の人々でい。盗っ人に貸す猫の手なんざ、持ち合わせちゃいねぇのよ」

父の大きな背中に、宗太郎は胸を詰まらせた。

そこへ、富兵衛を連れた初吉が現れた。

「ああ、みなさん、本日は誠に申し訳ございません。初吉からざっと話は聞きました。こともあろうに二階に板の間稼ぎが出るなんて……」

「おう、タコ旦那、はい、高座を空けていいのかい？」

「銀の字さん、女房を座らせておきました」

「そうかい。そいじゃ、タコ旦那、ちくっと自身番へ走って八丁堀の旦那を呼んできてくんな。ここにいる奴さん方、若ぇのを疑いやがった」

「あの、ちち……、いえ、銀四郎どの。八丁堀の役人衆は……」

宗太郎は銀四郎に、ほとんど吐息のような声でささやいた。

「父上のお顔をご存じかと思われます」

「それがどうしたってんでい、倅が疑われてんでい」

「いや、八丁堀の同心がたにお顔を見られるわけには……」

父子がごにょごにょと言い合っていると、富兵衛が首をすくめて話に入ってきた。

「銀の字さん、八丁堀のお役人がたはご勘弁を」

「おう？　なんでてい？」

「なんでって、それはその」

富兵衛が口をとがらせて言いよどむのを見て、醤油酢問屋の若旦那までが意味ありげな顔で話に入ってきた。

「ご主人、わかりますよ。八丁堀のお役人がたに板の間稼ぎがあったの、なかったの騒がれたら、銭洗湯さんの評判にかかわりますものね。ご主人がはじめに早とちりで堅気のお客人を疑っていなければ、二階番頭さんがうっかり二階座敷から目を離すこともなかったわけですしね」

おっとりとした口調で話す醤油酢問屋の若旦那だったが、言っていることはかなり辛辣だった。唐物屋と履物問屋のご隠居も、

「お店が八丁堀のお役人がたを頼るのは、あんまり体裁がよろしくないからね」

「それも朝っぱら板の間稼ぎにやられるなんてね、店の不用心を責められ兼ねないね」

「みっともないいね」

「それそれ、みっともない」

と、訳知り顔で若旦那を尻押ししていた。

悪事に巻き込まれて八丁堀を呼ぶことの何がみっともないというのか、体裁を気にする若旦那とご隠居の態度が腑に落ちず、宗太郎はへの字口になった。

宗太郎が八丁堀を呼ぶことをためらうのは、父の素性が露見しては困るからだ。父が立ち去ったあとならば、一も二もなく八丁堀を呼ぶ。

「ああ？　みっともねぇだと？」

と、ここで銀四郎が低くうめいた。

小鼻をひくつかせだした父の横顔を見て、ああ、これは落ちるぞ、と宗太郎は背筋を伸ばして待った。

「馬鹿野郎が！　悪事を暴くのに、何がみっともねぇでい！」

ほら、落ちた、と宗太郎は猫耳をくるりと後ろに向けた。

障子が揺れるほどの大声だった。久しぶりに落ちた父の雷に、宗太郎は懐かしさから胸がとどろくようだった。

そこへ、階段をのぼってやって来た人物がいた。

「ああ、でっかい声だ。ご一同、こういうときのためにあっしらがいるってこと、お忘れじゃねぇですかい？」

そう言うと、小柄な男は懐からちらりと十手を見せた。

小柄で老練な岡っ引き、蝦蟇の権七親分だった。

四

「おおう、蝦蟇の権七親分」

「ありゃりゃ、猫先生もおいでてでしたかい」

「猫先生ではありませんが、はからずも蝦蟇の親分をお呼び立てしようと思っていたところでした」

二階座敷へやって来たのは、長谷川町界隈《かいわい》をシマにする岡っ引きの権七だった。八丁堀から十手を預かるようになってから、かれこれ二十年とも、三十年とも言われる大人物で、町の人々からの信頼は厚い。

権七はちらりと見せた十手を懐奥深くへしまい込むと、さりげなく二階座敷にいる面々を流し見ていた。顔、背格好、身なりなどを、ひと目で頭に入れる才が権七にはある。場数を踏んでいるからこその抜けめのない目を、宗太郎は心強く思った。

「蝦蟇の親分、よく来てくれたねぇ」

富兵衛が権七の手を引くようにして、二階座敷の中央へ招き入れた。

「よく来てくれたも何も、たまたま表通りを歩いていたら、銭洗湯のお内儀《かみ》さんに引っ張られたんですよ。板の間稼ぎでも出やしたかい？」

「お恥ずかしながら、してやられてねぇ。蝦蟇の親分、どうだろう、八丁堀のお役人がたには黙っていてもらえないだろうかねぇ」

「ようござんすよ、そういうときのためにあっしらがいるんですから」

町の小さないざこざは、岡っ引きの裁量ひとつで片付くことが少なくなかった。中には、心付けをがっつり受け取って私腹を肥やす岡っ引きもいると聞くが、権七は袖の下より人情で動く男だった。

「で、銭洗湯の旦那、どいつが盗っ人ですかい？　棒に両手を縛りつけて、顔に油煙をたらふく塗って追い出せばよろしいんで？」

板の間稼ぎは八丁堀に捕まれば重罪に値するが、私刑で済ませる場合は棒しばりにして出入り禁止ぐらいの罰に処することが多かった。

「それとも、まんまと盗っ人に逃げられたわけじゃねぇでしょうね？」

「いや、それが……まんまと逃げられて……」

富兵衛が口ごもると、春造が薄いくちびるで叫んだ。

「親分、この化け猫を調べておくれな！」

「ああ？」

「この化け猫が最後まで二階にいたことはわかっているんですよ！」

「化け猫だって？」

権七が首をひねり、宗太郎と春造を順繰りに見た。

宗太郎は春造に指を突きつけられて、狼狽《ろうばい》した。しっぽりと濡れた鼻を舌先でペロリ、もう一度、ペロリと舐めた。悪いことは何もしていないが、自分が最後に二階座敷を出たのは事実だった。

「おうおう、目鏡売り！　この若ぇ石部金吉金兜《かなかぶと》が、板の間稼ぎなんざするわけねぇだろう！　相手見て疑いやがれってんでい！」

またしても、銀四郎の雷が落ちた。目鏡売りに殴りかかる勢いだった。

「ちち……、いえ、銀四郎どの、落ち着いてくだされ」

「寝ぼけたこと言ってんじゃねぇ！　これが落ち着いてられるかってんでい！」

宗太郎は銀四郎の袖を引っ張って止めようとしたが、破けてしまいそうだったので、二の腕をつかんだ。よく鍛えあげられた腕だった。この腕で、万が一にも目鏡売りを殴るようなことになったら一大事だ。

「ちょいと、ちょいと」

と、権七が見かねて、銀四郎の胸を押し戻してくれた。

「浪人さん、頭をお冷やしなすって」

「オレは浪人じゃねぇ！　オレはさえもんの……」

「うおう！　ちち……、いえ、銀四郎どの！」

宗太郎は動揺のあまり、長くひんなりしたしっぽを思いきり振り回してしまった。

このしっぽというのは、しなやかそうに見えて結構な力持ちでもある。ぶつかった拍子に、階段際に寄せてあった目鏡売りの荷箱を倒してしまった。

ガッタン、バラバラ、と大きな音を立てて荷箱から目鏡が散らばった。

「あ……、失敬」

宗太郎は慌てて目鏡を拾い集めた。

「おうおう、目鏡のまきびしかい」

と、落ち着きを取り戻した銀四郎も腰をかがめて散らばった品々を拾ってくれた。

荷箱の中には仕上がっている目鏡のほかに、修理に使うビードロの玉や水晶の玉、縁になる象牙や水牛、耳にかける紐《ひも》、鯨のひげなど、さまざまな物が入っていた。目鏡売りは鏡も扱うので、鏡や鏡面を磨くための石榴の汁なんていう物まであった。

「ああ、何してるんですか！　人の商売道具を……！」

春造が駆け寄って、荷箱を抱え起こした。

「申し訳ない」

「まったく、泣きっ面に蜂とはこのことですよ」

宗太郎の手から、春造が目鏡やら何やらをひったくった。荷箱の中に手を入れてせせこましく中身を確認している横顔は、やはりどこか薄幸そうだった。

「若ぇの、でいじょうぶかい？」

「はい。ざっと見たところ、散らばった目鏡や玉は割れてはいないようでした」

「目鏡もだが、おめえさんのしっぽは？」

「それがしのしっぽはもともと割れてはおりません。猫股ではないゆえ」

銀四郎が聞きたいのはそういうことではないのだろうが、宗太郎はまだ気が動転していてうまく頭が回らなかった。

大きく息を吸って、吐いて、宗太郎は努めて落ち着き払った声で言った。

「おのおの方、まずは事の顚末《てんまつ》を権七親分にお話するべきではありませんか。詮議は、そののちに致せばよろしいでしょう」

二階座敷の面々は顔を見合わせてはいたが、反論の声は出なかった。

「違ぇねぇ、若ぇのの言うとおりでい」

銀四郎がお釈迦さまより大きな手で、宗太郎の背中を叩いた。

宗太郎がいたずら盛りだったころは父によく雷を落とされたものだが、元服してからはとんと怒鳴られるようなことはなくなった。

父は拝領屋敷や役宅では、ほとんど顔色を変えることがなかった。常に沈着冷静、泰然自若。それくらいでなければ、能吏として公儀という大船の舵取りはできないのかもしれない。

同時に、父の胸の奥には、常に桜吹雪の銀の字がいたのだ。昔取った杵柄は埋火《うずみび》になっていただけで、鉄火《てっか》な心は消えていなかった。

「それだからこそ、父上は頑固であり、見識があり、痛快なのであろう」

ありがとうございます。

と、宗太郎は声にならない声でつぶやいた。息子のために必死になる父を見るのは初めてだったので、宗太郎はただ素直にうれしいと思った。

宗太郎が銭洗湯で起きている騒動をざっと説明し終えたとき、

「ひとつ、ご一同は見落としていなさる」

と、権七が腰に手を当てて言い切った。

「〝猫に小判〟って言葉がありやしょう。猫先生に小判の価値はわからねぇ。小判なんざ持ってても糞《くそ》ほどの役にも立たねぇ。つまり、猫先生が板の間稼ぎであるわけがねぇんです」

二階座敷の面々は思い思いの格好で床板に座り、権七の話を聞いていた。立っているのは、権七、富兵衛、初吉、宗太郎、銀四郎といった顔ぶれだった。

「ねぇ？　そうでしょう、猫先生？」

「ぬ、ぬう」

そうでしょう、と問われて、そうです、と答えていいものか。

権七なりに宗太郎を庇《かば》って言ってくれているのかもしれないが、宗太郎は猫ではないので、小判の価値がわからないわけではない。役に立たないわけでもない。

何より、天地神明に誓って板の間稼ぎではない。

ややこしい問いかけだけに宗太郎が返答に詰まっていると、代わって横から銀四郎が答えた。

「そのとおり！　カンパチ親分の言うとおりでい！」

「ちち……、いえ、銀四郎どの、権七親分です。権現さまの権に、七五三の七です」

「おう、権七親分かい。おめえさんみてぇな岡っ引きがにらみを利かせてんなら、長谷川町も安泰だぜ」

親しげに声をかける銀四郎に、権七は怪訝《けげん》そうな目を向けていた。

「お前さま、見ない顔ですけど、どちらさんで？」

「オレかい？　オレはあるときは遊び人、あるときは用心棒、しかしてその正体は、桜吹雪の銀の字でい」

「用心棒？　銭洗湯のですかい？」

権七の銀四郎を見る目が、ますます疑わしげになっていった。岡っ引きの権七も、ひょっとしてひょっとすると父の顔を見たことがあるかもしれないので、宗太郎は取り繕うように話を板の間稼ぎの騒動へと引き戻した。

「蝦蟇の権七親分、それがしは板の間稼ぎではありません」

「わかっていやすとも、猫先生はそんなことしやせん」

「猫先生でもありません。しかし、ご隠居たちの言うように、二階座敷に出入りするには階段か、屋根づたいか、方法はふたつしかありません」

「そういうことになりますな」

「オレは階段しかねぇと思うぜ」

横から口を挟み入れる銀四郎を、権七がまた疑わしげに見た。

けれども、すぐに仕切り直すように一同を見回すと、

「そうしやしたらね、この二階座敷で何があったのか、いっこずつ確認していくとしやしょうかね」

と、権七は腰に手を当てて言い放った。人の出入りを厳にするために、二階座敷へは新たな浴客が上がって来られないようにしてあった。

はじめに権七が声をかけたのは、利太郎だった。

「お前さんが、いっとうはじめに板の間稼ぎに間違えられた役者かい？」

「はい、両国の芝居小屋で役者をしております。利太郎と申します」

「ふうん、朝からついてなかったな」

権七にねぎらわれ、利太郎はひじきの目で微笑み返していた。

宗太郎と銀四郎は、利太郎が美服を狙うふたり組の板の間稼ぎなのではないかと疑っていたのだが、二階座敷へ上がったら、また別口の板の間稼ぎにしてやられていた。そやつらは、美服を盗み着て帰るどころの話ではない荒稼ぎをしていた。

「利太郎どのは、朝からついていなかっただけなのでしょうか？」

宗太郎は小声で銀四郎に訊いた。

「ついてるか、ついてねぇかで言えば、ついてねぇな」

「自分が疑われてみて知りましたが、してもいないことをしたと言われるのは気持ちのいいものではありません」

「そりゃそうだろう。濡《ぬ》れ衣《ぎぬ》なんざ着せられたら、寒くて風邪ひいちまうぜ」

「とても笑ってはいられません」

「利太郎はずっと笑っていやがるがな」

板の間で問い詰められている間も、うろたえるでもなく、憤慨するでもなく、利太郎は眉尻を下げて困ったように微笑んでいるばかりだった。

「いつまであの塩食らったナメクジみてぇな目で笑っていられるか、見ものだぜ」

「塩食らった……ナメクジ？」

「細《ほせ》ぇ目してんだろう」

利太郎の細い目を、宗太郎は箸でつまみ上げたひじきだと思ったが、銀四郎には塩を食らったナメクジに見えていたようだ。

それはそれとして『見もの』というのは、どういう意味なのであろう？

「あの、見ものと言いますと？」

「利太郎には、やっぱり仲間がいやがったのよ」

「仲間……」

ナメクジの仲間ということはでむしであろうかと考え、そうではないと宗太郎は頭を振った。ひじきの仲間のわかめやこんぶでもない。

「片棒を担ぐ者がいると？」

「おう、利太郎はおとり役だったのよ」

そう言うと、銀四郎は腰に差した蝙蝠扇をいじり出した。

「あの野郎が板の間で騒ぎを起こしたのは、二階座敷の奴さん方を一階に集めるためだったのよ。仲間が、人のいなくなった二階座敷で盗みを働くって算段でい」

「ですが、板の間には利太郎どのの片棒を担ぎそうな者はいませんでした」

「仲間は二階座敷にいたのよ」

「二階座敷に？」

「最後に二階座敷を出たおめえさんが疑われたのを見て、確信したのよ。我先にと一階へ下りた奴さんが、もっとも怪しいんじゃねぇかい？　一階へ下りてった姿を周囲に見せときゃ、疑われることもねぇ」

「あのとき、まっ先に一階へ下りていったのは……」

宗太郎は銀四郎の彫りの深い顔をじっと見つめた。

「ちち……、いえ、銀四郎どのです」

「ああ？　オレかい？」

「次が初吉どので、そのあとはみなみな団子になって駆け下りていきました」

銀四郎が指先で器用に扇子を開閉し、パチンパチンと音を鳴らした。

「利太郎もつくづく朝からついてねぇな。よりによって、この桜吹雪の銀の字さまのいるときに悪事を働くなんてよ」

「桜吹雪の、銀の字……」

「醤油酢問屋の若旦那、職人、目鏡売り、唐物屋のご隠居、履物問屋のご隠居、この五人の中に利太郎の仲間がいる」

間違いねぇ、と桜吹雪の銀の字が言い切った。

この見当に興奮した宗太郎は、ひげ袋を膨らませて二階座敷を見回した。それは見ようによっては、化け猫の睥睨《へいげい》のようにも見えたかもしれない。

よもや板の間稼ぎのあった二階に仲間がいようとは、宗太郎は想像だにしなかった。

果たして、この中の誰が……？

権七は、次に目鏡売りの春造に声をかけていた。

「目鏡売りの旦那は、二十四両盗られた張本人ってことで間違いねぇかい？」

「そうなんですよ、おいらの全財産です」

「旦那、長谷川町の人かい？」

「いえ、ですけど、長谷川町の新道で表小店を出すことになっていたんです。担ぎ売りをして二十四両貯めるのに、三十年かかりました。これでやっと表小店を出せると……、それなのに二十四両が……、うっうっ」

薄幸そうな顔で泣かれると、いっそう不憫《ふびん》に見えた。背負い商いから店商いへ、担ぎ売りなら誰もが見る夢だ。その夢のために、春造が爪に火を灯して貯めてきた金子なのだろうということは容易に想像できた。

「表小店を借りるためめったって、そんな大金を湯屋に持ってくんのはいただけねぇな。いくら銭洗湯って名だからって、ここは銭洗うところじゃねぇのよ」

権七が諭すのに被《かぶ》せて、

「まったくでい。銭は洗うない、身体を洗えってんでい」

と、銀四郎が合いの手を入れた。

そんな銀四郎のことを、権七が小鼻の右横のイボをかきながら値踏みするように見やった。一見好々爺《こうこうや》に見える権七だが、その眼光は思いがけず鋭い。

ちなみに、権七の蝦蟇のふたつ名は、このイボがあることに由来していた。

「あのう」

と、若い職人がぶっきらぼうに口を開いた。一銭も盗まれていない職人は、これまでほとんどしゃべっていなかった。

「わたし、仕事に出かけてもいいですかね。何も盗まれていませんし、親分さんにお話することもありませんし」

「ああ？　お前さんは植木職人だったな」

「へい、甚九郎《じんくろう》と言います。そろそろ朝五つ（午前八時ごろ）の鐘が鳴るころでしょうから、出かけませんとなりません」

　甚九郎の左顎には、小さな傷痕があった。その傷のところにはひげが生えないようで、無精ひげがそこだけ割れていた。宗太郎も右肩に紅葉の形に似た小さな火傷《やけど》の痕があるが、そこには泡雪の毛皮は生えていなかった。

「さんざん湯屋の二階で油売ってて、今さら仕事かい？」

「油を売っていたわけじゃありません。深川から長谷川町にある大店の庭の手入れに呼ばれているんで、その前にひとっ風呂浴びていただけです」

「ははぁ。お前さん、住まいは深川なのかい」

「こんなことに巻き込まれて、迷惑なんですよね。湯屋なんてきれいな着物を着ているだけで盗まれるところなんですから、小判なんか持ってきていれば、そりゃ盗んでくださいって言っているようなもんでしょう」

　権七が苦笑いを浮かべた。

「まぁな、そりゃそうなんだがな」

「わたしには関わり合いのないことです」

すると、唐物屋と履物問屋のご隠居がひそひそと耳打ちし合った。

「何も盗まれてない人っていうのも怪しくないだろうかね」

「怪しいね。腹掛けの下に盗んだ小判が隠れているかもしれないね」

ひそひそ話の割に、ご隠居たちの声は二階座敷中に聞こえていた。

「わたしはやっちゃいませんよ！」

甚九郎が片膝立てて声を荒らげた。

「裸になりましょうか！　何も盗ってないって見せましょうか！」

「まぁまぁ、お前さん、そうカッカッと熱くなるない」

権七がなだめるのに被せて、

「まったくでい。熱いのは湯船ん中と、岡湯だけでいいんでい」

と、銀四郎がまた合いの手を入れた。

「ちち……、いえ、銀四郎どの、どうぞお控えになって」

宗太郎としては、権七の目をあまり銀四郎に向けたくなかった。

そんな宗太郎の気持ちを知ってか知らずか、銀四郎が扇子で宗太郎を手招いた。

「なぁ、若ぇの。岡っ引きと目が合うと、心の臓がヒュッとしねぇかい？」

「ひゅっ……と？」

「ドキッていうか、ゾクッっていうかよ。岡っ引きってのは役人じゃねぇ。餅は餅屋ってんで、町の小悪党や罪人あがりが、その目端を見込まれて八丁堀から十手を預かってるにすぎねぇ」

「罪人あがり……」

宗太郎は甚九郎と話し込んでいる権七を盗み見た。岡っ引きのいわれを知らない宗太郎ではないが、権七の来し方について深く考えたことがなかった。

ふと、思い出した。長谷川町のことならなんでも知っているという番太郎の吉蔵《よしぞう》から、蝦蟇の権七親分は若いころは料理人と岡っ引きの二足の草鞋《わらじ》を履いていた……というような話を聞いたことがあった。

「ご公儀が岡っ引きを廃止したこともあったが、とんでもねぇ、悪党が増えただけってぇから、この世には岡っ引きにしか見えねぇもんがあるんだろうよ」

「岡っ引きの目はごまかせないということですね」

岡っ引きとしての権七の活躍ぶりは、宗太郎もよく知るところだ。

「な、ヒュッとするだろう?」

銀四郎の言わんとしていることが、宗太郎にもなんとなくわかる気がした。やましいことがあってヒュッと心の臓が縮み上がるのではなく、一目置いているがゆえにヒュッと心が引き締まるということを言いたいのだろう。

「次に、醬油酢問屋の若旦那に話を聞きやしょうかね」

と、権七は着々と仕事を進めていた。

「ところで、長谷川町に醬油酢問屋なんてありやしたかい？」

「わたし、町内の者ではないんです。吉原帰りと噂されるのが嫌で、よその町の気に入った湯屋に立ち寄っているんです」

「ふうん、気に入った湯屋ね」

権七が、階段横の大黒柱の前で立ちつくしている富兵衛と初吉を振り返った。ふたりとも、この騒動で玉手箱の煙を被ったように老け込んで見えた。

「銭洗湯の旦那、こちらの若旦那のお顔はご存じで？」

「あ、ああ。最近、ちょくちょくおいでいただいているよ」

「ふうん、そうですかい。どこで朝湯を浴びたって、吉原通いの道楽息子って噂にはなるでしょうにね」

「これはまた、手厳しい親分さんですね」

若旦那が、うふふ、と女々しく笑った。

「若旦那は三両盗られたって？」

「三両一分です。ですけれども、わたしの三両一分は明けガラスにくれてやったと思えば、まぁいいです」

「まぁいいって？」

「目鏡売りさんのほうが、よっぽど不憫でしょう」

若旦那が憔悴《しょうすい》しきっている目鏡売りを見やって、痛ましげに首を振った。

「親分、わたしたちも一分銀と二朱銀を盗られたんだよ。それも一枚どころじゃないよ。わたしは一分銀四枚と二朱銀一枚を盗られたね」

と、唐物屋のご隠居が自分から切り出した。

「そうそう。わたしは一分銀三枚と、二朱銀二枚を盗られたね。ああ、百文銭や波銭も盗られているけど、それはもう何枚あったかわからないね」

と、履物問屋のご隠居は指を折りつつ言った。

一分銀四枚で一両になった。また、二朱銀は八枚で一両になる。

「なるほど、ご隠居がたは、それぞれ一両近くやられたってことですね」

「わたしたちはね、小判は使いづらいから持ち歩かないんだよね」

「八文の茶代を払うのに一両出す野暮はいないからね」

ハハハ、と唐物屋と履物問屋のご隠居たちが笑い合った。大口を開けると、老人はふたりとも歯が数本なかった。

「ご隠居たちは長谷川町のお店ですかい？」

「いいや、わたしたちは芝居町跡の堺《さかいちょう》町に新しくできた表店だよ」

「ああ、堺町の。どうりで、お顔に覚えがねぇわけだ」

合点する権七に、富兵衛が付け足して言った。

「すぐそこの芝居町が浅草に移転になったあと、長谷川町にいた芝居がらみの商売のみなさんまでごっそり向こうへ引っ越してしまったもんだから、いっときはうちもさびしくなってねぇ。でも、最近では芝居町跡の葺屋町《ふきやちょう》と堺町からも新しいお客さんが流れてきてくれているんで、ありがたいねぇ」

「そりゃよかったですな」

「そういうのもあって馴染み客の顔もちょこちょこと入れ替わっているから、なかなか覚えられなくてねぇ」

「ふうん、なるほど」

「あのう。今度こそ、もういいですかね。わたし、仕事に向かいます」

と、甚九郎が苛《いら》ついた声で言った。

「待ってくんな、次にご一同の持ち物を改めさせてくんな」

権七が懐の十手を叩いた。

「八丁堀に話を通さねぇからって、悪党を見逃そうってわけじゃねぇ。あっしが納得するまで、付き合ってもらうぜ」

これを聞いて、二階座敷の面々が隣同士で顔を見合わせ、物言いたげな目配せをし合

った。自分たちを疑うのかと反発するのかと思いきや、

「そうしよう。わたしたちも、いつまでもこんなことには付き合っていられないからね。持ち物を改めて放免になるのなら、いくらでもどうぞ」

と、唐物屋のご隠居が率先して合財袋を差し出した。

「そうだね、懐中や袂落《たもとお》としも改めておくれな。なんなら、ふんどしも脱ごうかね」

と、履物問屋のご隠居は今にも小袖を脱ごうとしていた。

「ああ、脱がなくていいですよ。二十両を越える小判を着物の下に隠し持っていたら、脱がずともひと目でわかりやすからね」

「そうなのかい、そりゃすごいね」

「あっしの目は節穴じゃないんでね」

権七が笑いまじりに放った言葉に、二階座敷の雰囲気がわずかに引き締まった。

元料理人の権七は今、二階座敷の面々に隠し包丁を入れたのだ。火が通りにくい食材には、あらかじめ包丁で切れ目を入れておく。煮込むうちに、切れ目から味がじわじわとしみ込んでいくからだ。

疑わしき者どもを落とすときも同じこと、権七は面々の腟に『あっしの目は節穴じゃないんでね』という言葉の隠し包丁を入れた。

そうとも知らずに、一同はご隠居たちに従って素直に持ち物を床板に並べていた。

ところが、全員の持ち物を改めたものの、誰の合財袋からも何も出なかった。利太郎の持ち物にも、不審なものはなかった。

もちろん、宗太郎も銀四郎も手持ちのものをすべて出して権七に改めてもらった。宗太郎の持ち金は波銭十一枚で、四十四文だった。宗太郎にとって四十四文とは、ひと皿なんでも八文の縄暖簾なん八屋つるかめで五皿も食べられて、なお且つ、お釣りのくる十分な有り金なのだ。

馬鹿正直に、宗太郎はいつも懐に忍ばせている煮干しまで出して改めてもらった。

「この煮干しは盗られねぇでよかったですね、猫先生」

と、権七はにこにこ笑って返してくれたが、それがしは猫先生ではないと宗太郎は苦い顔になった。

銀四郎の袂落としからは、あろうことか五両近い一分銀が出てきた。正体は歴とした旗本なのだから、本来ならばそれぐらいの所持金はどうということはないのだが、銭洗湯では大金だった。

銀貨を数える権七の手が一度は止まったが、

「用心棒の先生、博打《ばくち》で儲《もう》けやしたかい?」

と、茶化しただけであっさり見逃してくれた。〝遊び人の用心棒〟というふざけた触れ込みが、思いがけなく利いていたようだった。

「二十四両、出てこなかったですね……」

と、春造は肩を落としていた。

「当然ですよ、わたしたちは盗まれた側なんですからね。疑われているなら、心外にもほどがありますよ」

と、醬油酢問屋の若旦那が大福餅を頰張りながら言った。

武士でありながら甘いものに目がない宗太郎は、寿司よりも大福餅に心惹《こころひ》かれていたり、いなかったりするのだが、さすがに今は喉を通らない。食べても墨絵を咀嚼《そしゃく》するようなものでなんの味もしなさそうだった。

こんなときに若旦那はよく食える、と宗太郎は思った。板の間稼ぎの被害に遭い、あまつさえ、板の間稼ぎの仲間ではないかと疑われているというのに。

「まさか、若旦那が利太郎どのの仲間なのであろうか」

宗太郎は醬油酢問屋の若旦那を見つめながら、あずき色の肉球のある手でひげをしごいた。気が昂《たかぶ》っているのでひげ袋は丸まこく膨らみっぱなしで、松葉に似たひげは前へ前へと広がっていた。

若旦那当人も三両一分盗まれているのだから、ふつうに考えれば盗っ人であるはずがない。吉原で遊べるようなお大尽が、二十四両程度で悪事を働くとも思えない。

しかし、たった一両でも『魔が差す』ということはある。

ほかには、仕事なので帰ってもいいかと急に言い出した植木職人の甚九郎はどうか。

「もっとも怪しいのは甚九郎どのであるが」

金子を盗られていない。盗られるだけの金子を持っていない。仕事を盾に、早くこの場を離れたがっている。

とはいえ、長屋暮らしの中には金に執着しない者もいる。いっそ、宵越しの金は持たねぇと粋がる職人は多い。そう考えると、

「別段怪しくもない、か」

残るは、ご隠居ふたり。

「論外」

あの手の御仁は、訳知り顔でなんのかんのと話を混ぜ返したいだけの手合いだ。

卵を割って黄味がふたつ入っていたときに、運がいいと喜ぶ人には『これは不吉の予兆ぞ』と言い、不吉だと嘆く人には『これは運がいい』と言うような、何につけてももっともらしく、もったいぶった態度を取りたいお年ごろなのだろう。

「つまるところ、誰が利太郎どのの仲間なのであろうか?」

こうなると、春造が本当に二十四両もの大金を持っていたのかさえ、疑いたくなってくる。全財産を抱えて、いびきをかいて寝ていられるものだろうか。全財産を放り出して、野次馬に走るものだろうか。

「わからんな」

宗太郎がつぶやくなり、プツッ、と。

「おおう」

夢中になってしごきすぎたようで、猫にとって大切なひげが一本抜けてしまった。

宗太郎は抜けたひげを床板に捨てたが、銀四郎が目敏《めざと》く拾い上げた。

「ちち……、いえ、銀四郎どの、そのひげをどうなさるおつもりですか?」

「山の神の守り袋に入れてやらぁ」

「山の神の……」

山の神とは、妻女のことだ。宗太郎の母のために、父は不肖の子のひげを持って帰ると言っているのだった。

銀四郎が大切そうにひげを手拭いに挟むのを見て、宗太郎は胸が熱くなった。と同時に、少しだけ胸が痛みもした。


不肖の子のひげを小袖の袂にしまいこんだのち、

「さてっと。悪党どの、なかなかしっぽを出さねぇな」

と、銀四郎がいよいよ焦《じ》れったがった。

宗太郎のしっぽなんぞは二六時中出っ放しだが、今はそういう話ではない。

「ちくっと鎌をかけてみるかい」

底知れぬ力のある銀四郎の眼差《まなざ》しの先には、ひじきの目ならぬ、塩を食らったナメクジの目で笑っている利太郎がいた。

「よっし、権七親分、ついでに目鏡売りの荷箱も改めてくんな」

「荷売り箱？」

権七が階段際を振り返った。宗太郎がしっぽで倒してしまった荷箱が、またきちんと立てられてあった。

「えっ。待ってください、おいらの荷箱に何があるっていうんですか？」

春造が慌てて立ち上がり、荷箱に抱きついた。

「おいらはもう自分の袂落としを改めてもらいましたよ？」

「そう、ここにいるみんなが、てめえの持ち物は全部改めてもらってるのよ。残るは、おめえさんの荷箱だけでい」

「二十四両も盗まれたのは、おいらなんですよ？」

「おめえさんだけじゃねぇよ。若旦那やご隠居たちも盗まれてるだろう」

「だからって、おいらですか？　おいらを疑うんですか？」

「中を見るだけでい。やましいことがねぇなら、ガタガタ言うんじゃねぇ」

銀四郎が顎をしゃくって促すと、権七がうなずいて春造から荷箱を引き取った。

「やめてくんな、親分。そこには目鏡と鏡しか入っていないから」

「だったら、なおのこと見ても問題はねぇや」

「後生だから」

と、春造が権七から荷箱を奪い返した。

「なんだい、ずいぶんと必死だね」

「見られたくないものが……、入っているから」

「見られたくねぇものとは？」

「親分に言う義理はないね」

春造が荷箱を背負って立ち上がったので、宗太郎は対峙《たいじ》するように立ちはだかった。

ここまで必死に荷箱を隠すということは、何かある。見られたくないものとはなんなのか、宗太郎は春造に無言の圧を与えながら懸命に頭を働かせた。

その背後で、焦れ切った銀四郎が叫んだ。

「目鏡売り、てめえが二十四両を盗まれたってぇのは本当かい？」

「えっ」

と、これは宗太郎の口から出た言葉だ。

「目鏡売り、本当はハナっから二十四両なんてなかったんじゃねぇのかい？」

「えっ」

と、これもまた宗太郎の口から出た。銀四郎は『鎌をかけてみる』とは言っていたが、これでは真っ向から鉈《なた》を振り上げるようなものだ。相手が身構えてしまう。

案の定、春造は肯定も否定もせずに口を堅く閉ざしてしまった。

「ちち……、いえ、銀四郎どの」

宗太郎が振り返ると、銀四郎は軽く手を振り上げて宗太郎を遮った。口を挟むな、ということのようだった。

それでも富兵衛は我慢できなかったようで、

「銀の字さん、はなから二十四両がなかったってどういうことです？　板の間稼ぎはなかったってことですか？」

と、銀四郎の二の腕にすがりつくようにして訊いていた。銭洗湯に落ち度があったのか、なかったのか、主人の富兵衛ははっきりさせたいようだった。

「いや、板の間稼ぎはあったよな。そうだよな、目鏡売り」

「ああ……、あったんですねぇ」

と、富兵衛ががっくり肩を落とすのを、小柄な初吉がなんとか支えていた。

「醬油酢問屋の若旦那の三両一分、唐物屋のご隠居の一分銀四枚と二朱銀一枚、履物問屋のご隠居の一分銀三枚と二朱銀二枚。ざっとまとめて五両ちょいを盗んだのは、目鏡売り、てめえだろう？」

　銀四郎が鉈を振るえば振るうほど、春造は石仏みたいに動かなくなっていった。薄幸そうな顔つきは、石仏になってもあまりご利益があるようには見えなかった。

「盗んだ五両ちょいは、その荷箱の中に隠してあるんだろう。けど、どうなんでい？　ふたりで分けるにゃ、五両ってのはちくっと少なくねぇかい？」

「ふた……り……？」

　ようやく、春造が反応した。

「半々かい？　それとも、おとり役の利太郎の取り分が三かい？」

　そう言って、銀四郎が利太郎を指差した。

　利太郎の眉尻を下げた困ったような微笑みが、いっそう深くなった。

「用心棒の先生、なんのお話です？」

「おめえさんと目鏡売りは仲間なんだろう？」

「ええ？　ふふ、おもしろい筋書きをお考えになりますね。戯作者にでもなりたいのでしょうか？」

「どっちかってぇと、書くより、舞台に上がりてぇ」

「では、いつでもわたくしのいる芝居小屋へいらしてください。馬の脚でしたら、明日にでもすぐに演じていただけますよ」

父上に馬の脚とは失敬な、せめて馬の頭であろう！

心で叫んで、宗太郎は奥歯を噛《か》み締めた。

「ねぇ、目鏡売りさん、わたくしは今日初めてお前さんにお会いしました」

「おいらも……です」

「それが、仲間ですって。ふふ」

塩を食らったナメクジの目が、生きているナメクジみたいにひくひくと上下によく動いていた。

「なんだか用心棒の先生が誤解なさっているようですから、目鏡売りさん、その荷箱をちょいと改めさせてはもらえませんかね。それとも、お前さんは本当に板の間稼ぎなんですか？　その荷箱の中に、みなさんの……金子が？」

「まさか、おいらは二十四両を盗られた側ですよ」

「そうですよね、おかわいそうに。全財産を奪われて、それをなかったことにされたばかりか、盗っ人扱いなんてあんまりですよね」

「ええ、今朝はほんにえらい目に遭いました」

石仏から人間に戻った春造が、調子づいて権七に荷箱を差し出した。

「親分、中を改めてくんな。おいらもこのまま黙っているわけにはいかないからね」

「それはあっしらも同じよ。白黒はっきりしねぇままじゃ、尻の座りが悪くてならねぇんでね」

権七に目を見てやり返されて、春造がくっと息を呑《の》んだ。

仕込んでおいた『あっしの目は節穴じゃないんでね』という言葉の隠し包丁が、じわじわと脛に効いてきているのかもしれない。

「開けるぜ？」

権七が荷箱の蓋を開けた。

荷箱の中には棚があり、先ほど宗太郎がばら撒《ま》いた目鏡、ビードロの玉や水晶の玉、縁になる象牙や水牛、耳にかける紐、鯨のひげ、鏡などが整理整頓されて収まっていた。

「出てくるでしょうか、盗まれた五両」

宗太郎は銀四郎の横顔に訊いた。

「鬼が出るか蛇が出るか」

銀四郎は扇子を顎に当てて荷箱をにらんでいた。

一拍おいて、

「なんだ、こりゃ」

と、権七のひっくり返った声がした。

宗太郎は権七の手もとへ顔を戻した。宗太郎だけでなく、二階座敷の面々も一斉に身を乗り出して権七の手もとを凝視した。

荷箱の一番下のひきだしが開いているので、そこから出てきたものらしい。

権七の手には、何枚もの錦絵が握られていた。

「アハハ！　それ、春画じゃないですか！」

利太郎が歯を見せるほどの大笑いを、いや、高笑いをした。

「目鏡売りさんの荷箱から、なんで春画が？　アハハ！」

その姿は、眉尻を下げて困ったように微笑む利太郎ではなかった。

「化けの皮、剝がしやがったな」

と、銀四郎が扇子で口もとを隠して吐き捨てた。

「い、いや、これは……、目鏡の具合が目に合っているか、絵や文字を見てもらうときに、こういうもんのほうが……、男は喜ぶから……」

「そうでしょうね、喜びますでしょうね。アハハ」

「あの、おいらがこういうのを好きで集めているわけじゃ……」

「何を恥ずかしがっているんですか、立派な商売道具ではありませんか。アハハ」

利太郎の高笑いは止まらなかった。

その笑い声に誘われるようにして、唐物屋と履物問屋のご隠居も妙に嬉々《きき》として語りだした。

「いいご趣味だね、わたしも嫌いじゃないね。むしろ、好きだね」

「わたしも目鏡をかけて春画が見てみたいね。最近じゃ、近くのものが見づらくていけないから」

「目鏡で春画なんか見たら、夢に見そうだね」

「寝ている間に極楽が見られるってことかい、いいね」

さんざん帰ってもいいかと騒いでいた甚九郎さえもが、にじり寄って権七の手もとの春画をのぞき込んでいた。

宗太郎は、しゅん、というところまでかろうじて口にしたが、その先を言い切ることができなかった。

「しゅん、しゅん、しゅん……」

この日、宗太郎は生まれて初めて春画を見た……わけではない。男ばかりのむさくるしい剣術道場では、春画も艶本《えんぽん》も身近なものだった。もちろん、宗太郎が自分から率先して見るようなことはなかった。断じて、なかった。

「おう？　若ぇの、春画を見るのは初めてかい？」

銀四郎がニヤニヤと笑って、宗太郎を見た。初めてというのなら、父のこういう脂下《やにさ》がった顔を見るほうが初めてだった。

「い、いいえ、兄弟子に何度か無理やり見せられて……、無理やり……」

「オレは若ぇころ、鉄棒ぬらぬら先生の艶本に世話になったぜ」

「は、はい？」

「山の神には言うない」

よくわからないが、聞かなかったことにしておこう。

宗太郎は猫耳をくるりと後ろに向けた。

しかし、金色の目は権七の手もとに釘《くぎ》づけだった。

「なんでい、若ぇの。そんなに見てぇなら、もっと近くで見せてもらったらどうよ」

「近くで……」

実は、宗太郎はあることが気になっていた。

「ちち……、いえ、銀四郎どのは、ここからあの錦絵がどれほどご覧になれますか？」

「どれほどって、どういう意味でい？」

「遠すぎて、それがしにはあの錦絵が国芳《くによし》どのの描く武者絵と言われれば武者絵のように、戯画と言われれば戯画のようにも見えるのですが」

「遠すぎて……、ははぁ。確かにな」

綱紀粛正の嵐で、春画は今、描くことも売ることも禁じられている。錦絵そのものが規制されているので、色数も少なく、地味な仕上がりになっているため、遠目では何が描いてあるのか、正直わからなかった。

遠目といっても、宗太郎と銀四郎は階段の近くに立っているので、誰よりも荷箱に近いところにいた。それでも、宗太郎は権七の手もとの錦絵を、はっきりと春画と見定めることはできなかった。

「めいせんと桟留縞を取り違えるほど目の悪い利太郎どのが、あの位置からどうやってあの錦絵を春画と見定めたのでしょうか？」

しかも、利太郎は二階座敷の面々の一番後ろに座っている。

「若ぇの、でかしたぞ」

銀四郎がお釈迦さまより大きな手で、宗太郎の背中を思いきり叩いた。これまでで一番力強い手のひらだった。

「利太郎は見定めたんじゃねぇのよ」

「と、言いますと？」

「目鏡売りの荷箱から春画が出てくんのを知ってたのよ。なんでかって、そりゃふたりが仲間だからよ」

「仲間……、つながりましたね」

「目鏡売りが利太郎の仲間じゃねぇかってのは、気づいてたのよ」

「なんと、それはいつから？」

「はじめっから。ありゃ、二十四両もの大金を持ち歩いてる面《ツラ》じゃねぇ」

「面でわかるのですか？」

「大金持つとな、人はまず目つきが変わるのよ。周りすべてが、てめえの懐の金子を狙う盗っ人に見えてくるからな。なのに、あの野郎、利太郎が二階座敷へ上がってきたときに馬鹿っ面下げて取りすがってたろう?」

言われてみれば、そうだった。

馬鹿面かどうかはさておき、春造はその少し前まで板の間稼ぎと疑われていた利太郎に、なんのためらいもなく板の間稼ぎが出たと言って取りすがっていた。それを見て、宗太郎は取りすがる相手を間違っていると思ったことを覚えている。

「荷箱が倒れたときだけ、小姑《こじゅうと》みてぇにせせこましく動いてたってのも引っかかったからよ。荷箱がくせぇと踏んで鎌をかけてみたってわけでい」

「なるほど、ご明察恐れ入ります」

父の目は、やはり底知れぬ力がある。

「よっし、さらなる鎌をかけてみようじゃねぇかい」

そう言うと、銀四郎は荷箱の横にしゃがみ込んでいる春造の肩に腕を置いた。

「なんでい、なんでい、目鏡売り。ご禁制の春画なんか持ち歩いてっから、荷箱を見られたくなかったのかよ」

「す、すみません……」

「早とちりしちまったぜ。タコ旦那と同じ轍《てつ》踏んじまったぜ。悪かったな、おめえさん

なのかもしれない。
も見えた。銀四郎と権七に左右から挟まれていることを思えば、それも無理のないこと
銀四郎に肩を組まれている格好の春造は、宗太郎の目には心なしか震えているように
「わ、わかってもらえれば……」
のこと疑って」

そうした中で唐物屋のご隠居が立ち上がり、朗々とした声で言った。
「わたしはこの目鏡売りさんが気に入ったよ。銭洗湯の旦那、わたしの一両はいらない
から、この人の二十四両だけでもそちらで肩代わりしてやることはできないかね」
「ええっ、肩代わりと言われましても」
履物問屋のご隠居も続いた。
「わたしの一両もいらないよ。このかわいそうで、どこか憎めない目鏡売りさんには二
十四両が必要だろうからね。銭洗湯で融通してやれないもんかね」
「融通と言われましても」
さらに、醬油酢問屋の若旦那まで続いた。
「わたしからもお頼みしますよ。わたしもご隠居がたも、たかだか……といっては鼻持
ちなりませんが、一両や三両を盗られたところで、明日の暮らしが困るわけではありま
せん。でも、目鏡売りさんは困りますよね？」

「こ、困ります……」

「そうでしょう？　どうですかね、銭洗湯さん、二十四両で気風のいいところを見せてもらえませんかね？」

「気風と言われましても」

とどめに、ずっと黙って話を聞いていた甚九郎がぶっきらぼうに言いだした。

「わたしは目鏡売りさんがどうなろうと知ったこっちゃありませんけど、早くここから出たいんで、みなさんが言うように助けてやったらいいんじゃないですかね」

さぁ、早く早く、と二階座敷の面々が富兵衛に金子の工面を迫っていた。こうなるともう、目鏡売りに二十四両をくれてやるのが当たり前のような運びだった。

「こりゃ、体のいいたかりですぜ」

と、権七は運びに流されることなくあきれ返っていたが、宗太郎は急な展開にわけがわからず、口の挟みようがなかった。

銀四郎はというと、荷箱の横にあぐらをかき、権七から受け取った春画の数々を勝手に売り物の目鏡をかけて鑑賞していた。

父上……！

「見上げた心がけです」

と、利太郎が満を持したように手を叩いた。

「みなさんのやさしさに心打たれましたので、それでは、わたくしからも一両お出しするとしましょう。二十四両に一両足せば二十五両になりますから、銭洗湯のご主人、目鏡売りさんのために切り餅を融通してもらえませんか？」

「ええっ、切り餅をですか」

切り餅とは一分銀百枚、すなわち二十五両を白い紙で封じた包み銀のことだ。見た目が切り餅に見えることから、その名がある。

「銭洗湯にとって、そう悪い話ではないと思いますよ。気風のよさが評判になるかもしれません。こう言ってはなんですが、なんの落ち度もない浴客を板の間稼ぎだと早とちりして責め立てたなんていう悪評が立つより、よろしいのではありませんか」

「うう……、そうですね」

富兵衛が口をとがらせて、初吉に何ごとか耳打ちした。

「はい、ございます。年の瀬ですので、蔵にはまとまった金子がございます」

「そうかい、あるかい」

「ですが、旦那さま、板の間稼ぎに盗られた分をお店が肩代わりするなんて話、これまで聞いたことがありません」

「それを言うなら、これまで二十四両も盗んでいった板の間稼ぎの話だって聞いたことがないよ。湯屋にそんな大金持ってくる大馬鹿いないよ」

「それもそうでございますね」

「ああもう。仕方がない、番頭さん、切り餅を持ってきて」

「よろしいのですか?」

「みなさんの親切を突っぱねられるかい? きっかけはあたしの早とちりにあるし、それに昼日中の盗みは盗んだ側だけでなく、盗まれた側の不用心も相当に叱られることになる。ああもう、これ以上の騒ぎにはできないよ」

このやり取りを聞いていた宗太郎と権七は顔を見合わせて、首を傾《かし》げた。

「猫先生、これで手打ちにしていいんですかね」

「猫先生ではありませんが、よろしくはないでしょう。これでは何も解決していませんし、銭洗湯が貧乏くじを引くだけです」

「あっしは、利太郎は黒だと思っていやすよ。あの男がのこのこ二階へ上がってきたのは、ここに何か気になることがあるからです。悪党ってのは、てめぇに自信があるんで現場《げんじょう》に戻りたがるもんなんです」

「ほう、岡っ引きの勘ですか?」

「昔取った杵柄の勘とでも言っときやしょうかね」

「昔取った杵柄……」

権七が口の端を上げて笑った。悪ぶった顔が、宗太郎には頼もしく見えた。

宗太郎は腕を組んで考えた。

現場に戻ってきた利太郎。二十四両を盗まれた春造。もっとも怪しい甚九郎。煮ても焼いても食えそうにない醬油酢問屋の若旦那。話を混ぜ返したいだけの唐物屋と履物問屋のご隠居。

この六人に、何か共通するところはないだろうか。

全員、男。男湯にいたのだから、当たり前。

全員、桟留縞を着ている。いや、これは違う。利太郎、醬油酢問屋の若旦那、唐物屋と履物問屋のご隠居はそうだが、春造と甚九郎は木綿縞だ。

全員……。

「あっ」

……全員、長谷川町の町民ではない。

宗太郎は二階座敷の面々を改めて見つめ直した。見たことのない顔ではないけれど、よく知っている顔でもない。一度か二度、銭湯で顔を合わせただけの人々。

たぶん、甚九郎には今日初めて会った。あの左顎の傷は、一度でも会っていたら覚えていたはずだ。春造の薄幸そうな顔にも覚えはなかったが、こちらは影が薄くて忘れてしまっていただけなのかもしれない。

「あの、ちち……、いえ、銀四郎どの」

相談してみたくて呼びかけたが、銀四郎は目鏡をとっかえひっかえして、まだ春画を眺めていた。

父上……！

「銀四郎どの！」

「おう？　なんでい、話はまとまったかい？」

「聞いていなかったんですか？　銭洗湯が盗まれた二十四両を肩代わりして、切り餅を目鏡売りどのに融通することになりそうです」

「それは聞いてたぜ。二階座敷の面々がそろって目鏡売りに肩入れしてやがる。あからさまにおかしい」

「あの、これはそれがしの見当でしかありませんが、ひょっとして、この二階座敷の全員が、利太郎どのの仲間ということはありませんか？」

「全員⁉」

と、権七は驚いていたが、銀四郎は扇子を開いてニヤリと笑った。

「以心伝心ってぇのかね」

「はい？」

「オレもそう思ってたところなのよ。野郎ども全員、善意の押し売り強盗なんじゃゃねぇのかい？」

「善意の押し売り？」

「よってたかって目鏡売りに情けをかけることで、盗まれてもいなけりゃ、もともとありもしねぇ二十四両を銭洗湯からせしめようって魂胆なんじゃねえのかい？　それが利太郎一座のやり口なんじゃねぇのかい？」

「なるほど、利太郎一座とは言い得て妙」

六人の一座で二十四両をせしめれば、ひとり四両の稼ぎになる。

「どこの商家にも、この年の瀬、切り餅ぐらいあるだろうからな。利太郎から善意の一両を渡されりゃ、足した二十五両を出さないわけにはいかねぇ」

「しかも、切り餅は一分銀なんで、町人でも使いやすいんですわ。下手に小判を持っていても使えねぇし、怪しまれるだけなんで」

と、権七が町人目線の料簡《りょうけん》をくれた。

『わたしたちはね、小判は使いづらいから持ち歩かないんだよね』

『八文の茶代を払うのに一両出す野暮はいないからね』

ご隠居たちも、そんなふうに話していた。

「蝦蟇の権七親分は、体のいいたかりだと言っていましたな」

「猫先生たちが居合わせてくれて幸いでしたね。いなけりゃ、こりゃ、まんまと二十四両せしめられていやしたよ」

「ですが、このままでもせしめられてしまいます」

「ですな。どうしやすかい？」

と、権七が懐の十手を叩く。

「野郎ども、しょびきやすかい？」

しかし、銀四郎は手を振った。

「しょびきたくても証拠がねぇ。利太郎一座の狡猾《こうかつ》なところは、湯屋が肩代わりを断れば、盗みが成立しねぇってところよ。儲けはねぇが、危険もねぇ。夜陰に紛れて大店の蔵に忍び込むほどの大掛かりな手引きもいらねぇ」

「盗んじゃいねぇ、湯屋の厚意だって言い張れやすしね。てめぇらは、あくまで板の間稼ぎに盗まれた側だって言い張ればいいわけで」

「しっぽを出さねぇ、ふてぇ野郎どもでい」

銀四郎と権七が、そろって苦虫を嚙みつぶしたような面相になった。

「では、利太郎を落としましょう」

宗太郎は真っ向勝負を提案した。全員のしっぽをつかむのが難しいのであれば、まずは利太郎のしっぽをつかめばいい。

「残りは芋づるとなりましょう」

「あの野郎は手強《てごわ》いぜ」

「しょせんは二股にもなっていない板の間稼ぎのしっぽです」

ふふん、と宗太郎はおのれのしっぽを天井に向けて突き立てた。

宗太郎のしっぽも二股になっているわけではないが、日々、二股に裂けている猫股と知恵比べをして渡り合っている。猫の妖怪である白闇《しろあん》のしっぽにくらべれば、板の間稼ぎのしっぽなど不作のゴボウくらいなものでしかなかった。

「銭洗湯には日ごろお世話になっています。富兵衛どのが貧乏くじを引かされるのを、この〝猫の手〟をこまねいて見ているわけにはいかないのです」

猫の手屋宗太郎は、町の人々の困りごとに猫の手を貸すのが生業なのだ。

銀四郎がしみじみと宗太郎を見つめ、うなずいた。

「策はあるのかい？」

「自分に自信のある者は、現場に戻りたがるそうです」

「おう？」

「蝦蟇の権七親分の受け売りです」

宗太郎と権七は目を見てうなずき合った。

「利太郎は自分の筋書きに自信があるので、そこから逸脱するようなことはしないでしょう。とすれば、筋書きの肝である〝目の悪い役者〟、この部分に揺さぶりをかけてみるのはどうでしょう？」

「目の悪い……、おう！　それでい！」

銀四郎が開いていた扇子を手のひらに打ちつけて、閉じた。

利太郎一座は化けの皮が剝がれているとも知らず、二十五両の切り餅を銭洗湯の〝厚意〟で受け取ることになる春造、なんだかんだでお節介な若旦那、あれやこれやで面倒見のいいご隠居、早く仕事へ向かいたい植木職人、板の間稼ぎに間違えられた不運な役者などなど、それぞれがそれぞれの役割をきちんと演じ続けていた。

初吉は蔵へ切り餅を取りに行っていた。それを待っている富兵衛は階段横の大黒柱にもたれかかり、虚《うつ》ろな目をしていた。

初吉が切り餅を用意するまでに、こちらも用意を整えなければならなかった。

春造が咎めてこないのをいいことに、銀四郎は荷箱を我が物のように物色し、数ある中から分厚い玉の目鏡をひとつ取り出した。

「これでい、この目鏡が使えるぜ」

「目鏡ですか？」

「こいつは、ただの目鏡じゃねぇのよ」

銀四郎が先ほどまで目鏡をとっかえひっかえして春画を見ていたのは、数ある目鏡の中から小道具になるものを探していたから。

そう考えるようにしようと、宗太郎は思った。

五

「では、こちらが切り餅になります」

　すっかり老け込んだ富兵衛が二階座敷の床板に正座をして、二十五両の切り餅を差し出した。

　切り餅は文字どおり、四角くのして切った餅に見えた。窓の外からは年用意の餅を搗く声がにぎにぎしく聞こえているだけに、ますます搗きたて餅のように見えた。

「おありがとうございます、銭洗湯の旦那」

「……春造さん、ご迷惑をおかけしましたね」

「いいえ。この二十五両があれば表小店を借りられますから、これで明日からも生きていけます。この場にいるみなさんにも、なんとお礼を申していいのやら……、うっ、おありがとうございます……」

　春造はまず切り餅を自分の膝横に引き取ってから、わざとらしく何度も床板におでこをこすりつけていた。

「よかったね、春造さん。今年の不幸は今年のうちに追っ払って、来年は新しい幸福を招きなさいよ」

と、唐物屋のご隠居が言った。

「もしかしたら、板の間稼ぎに遭ったのは、来年の不幸を前倒しでもらったのかもしれないね。だとすれば、来年は幸福しかないね」

と、履物問屋のご隠居が応じた。

「そりゃいいね。春から縁起がいいね」

「まだ春じゃないけどね」

ずっとぴりぴりしていた二階座敷が、やっと和やかな憩いの場の役割を取り戻した。

「それじゃ、わたしは仕事に行きますから」

甚九郎がぶっきらぼうに言って立ち上がると、

「わたしもそろそろ、あんまり放蕩《ほうとう》しているとお父っつぁんに叱られます」

と、醤油酢問屋の若旦那も腰を上げた。

「わたくしも買い物をして帰りましょう」

続けて、利太郎も立ち上がった。

一同がなんとなく帰り支度をはじめると、春造はそそくさと切り餅を荷箱のひきだしにしまい込んだ。

宗太郎たちは、このときを待っていた。

金品をしまい込んだところで、盗みは成立する。

「ああ、ご一同、ちくっとお待ちを」

権七が策に則って用意した奉書紙を、やおら床板に広げた。

「まぁ、もういっぺんお座りになって。これで手打ちになった旨を書面で残しておきたいんで、一筆よろしく頼みます」

「一筆って、何を書けばよろしいんですか？」

と、利太郎が眉尻を下げた困ったような微笑みで訊いてきた。高笑いをしていた姿が嘘のようだった。

「所書きと名書きを。ご一同に限ってはないとは思いやすが、たまにいるんですわ、味をしめて何度も金品をせびってきやがる野郎どもが」

「わたしたちはそんなさもしいことしないよ」

「するわけないよ、そんなあさましいこと」

唐物屋のご隠居は羽織紐を結い直しながら、履物問屋のご隠居は小袖の裾を直しながら気色ばんだ。

「わかっていやすとも。ですけど、一筆もらうのがしきたりなんでね。これもあっしの仕事なんでね。よろしく頼みます」

岡っ引きは役人ではないが、八丁堀の役人の息がかかった立場ではあるので、下手にごねてもいいことはなかった。

「わかりました。親分さんがそう言うのでしたら、仕方がないですね」

利太郎は波風立てずにやり過ごすべきと判断したのか、権七の言うとおりにその場に座り直した。一同もしぶしぶといった様子で続いた。

「はいよ、筆はこれを使ってくんな」

権七が利太郎の真向かいに座り込んで筆と硯《すずり》を置くと、

「ああ、利太郎。おめえさん、目が悪いんだったよな」

と、銀四郎も利太郎の向かいであぐらをかいた。

「手もとが見えねぇと書きづれぇだろう。目鏡かけて書くといいぜ」

「目鏡……」

「ほらよ」

と、銀四郎が利太郎に分厚い玉の目鏡を差し出した。

「目鏡売りさんの目鏡ですか？」

春造の荷箱から拝借した目鏡だったが、

「いや、この若ぇののでい」

と白を切って、銀四郎が振り返った。

それを合図に、銀四郎の後ろに立っていた宗太郎はややぎこちなく言った。

「それがしも目が悪いのです。字を書くとき、読むときだけ目鏡を使います」

嘘だった。宗太郎に目鏡は必要ない。

「猫は目がいいのかと思っていました」

「それがしは猫ではありません」

「ああ、失礼いたしました」

利太郎が塩を食らったナメクジの目で笑った。

春造が何か言ってくるかと思ったが、目鏡を確認することはなかった。他人の目鏡のことよりも、荷箱のひきだしにしまった自分の切り餅が気になってならないようで、春造はもう心ここにあらずの様相だった。

「どれ、目鏡の紐をかけてやろうかい」

「自分でかけられます」

利太郎はあまり銀四郎に絡まれたくはないらしく、微笑んではいても態度はわかりやすくそっけなかった。

「鏡もあるぜ」

銀四郎はこれもまた春造の荷箱から拝借した手鏡を見せたが、

「結構です」

と、利太郎は食い気味に断っていた。

目鏡をかけ終えると、利太郎は二階座敷を流し見た。

「どうだい、目鏡は？」

「はい、よく見えるようになりました。ありがとうございます」

銀四郎と利太郎がこうしたやり取りをしている間に、権七は先に五人に所書きと名書きをもらっていた。まずは春造、その下に唐物屋と履物問屋のご隠居、醤油酢問屋の若旦那、甚九郎と並んでいた。

どうせ全員、でたらめを書き連ねているのだろう。それならそれでいい。肝心なのは、利太郎に目鏡をかけさせることだった。

「ご一同、仕舞いに茶を一杯飲んでいっておくんなさいよ。銭洗湯のご主人と二階番頭の計らいなんで、遠慮はいらねぇや」

権七が声を張った。

「は、はい、今日はまことにお騒がせいたしました」

富兵衛は階段横に置いた茶釜から茶を淹《い》れていた。

「お騒がせいたしました。ご一緒に稲荷寿司もどうぞ」

初吉は給仕に回っていた。

一同が立ったり座ったりして、目まぐるしく立ち位置が入れ替わった。

「役者の旦那は、このいっとう下のところに名書きしてくんな」

権七から紙と筆を受け取った利太郎が、はたと動きを止めた。

「おう、どうしたい？」

「いえ……」

利太郎はなかなか書きだそうとしなかった。その様子をつぶさに観察していた銀四郎が、のんきに話しかけた。

「そういや、湯屋の湯船の入り口に立てられてる戸板を石榴口って言うだろう？」

「はい？」

「利太郎は、あれがなんで石榴口って呼ばれるか知ってるかい？」

「それ、今話す必要のあることですか？」

「目鏡売りは知ってるよな？」

そう言って、銀四郎は大黒柱の右に座っている初吉のことを見た。年増の春造と、古参の奉公人の初吉は、ともに小柄で背格好がよく似ていた。

銀四郎の顔が向いた先を、利太郎も見ていた。しかし、

「石榴口がなんですって？」

と答えた春造は、初吉とは反対側の大黒柱の左に座っていた。

利太郎がハッとして、初吉を見ていた顔を春造の声がしたあたりへ向けた。

「目鏡売り、おめえさん鏡も売ってんだろう。湯屋の石榴口が、なんで石榴口っていうか知ってるかい？」

「馬鹿にしないでくださいよ、知っていて当たり前ですよ。鏡の鏡面は曇りを取るために石榴の汁で磨くんです。鏡を鋳《い》る、かがみいる。それと屈んで湯に入る、かがみいる。この洒落で石榴口っていうんですよ」

知らなかった、という者もいれば、知っていたよ、という者もいた。それぞれの声がする方向に、利太郎は敏感に顔を向けていた。

ややあって、利太郎が気を取り直して筆を取ろうとすると、

「そういや、唐桟って高ぇんだろう？」

と、銀四郎がまたのんきに話しかけた。

「はい？」

「そんな高ぇ小袖と羽織なのに、この二階座敷じゃ、おめえさん入れて四人が着てるんだから、驚き桃の木でい」

「表店のお店者なら、ふつうではありませんか」

利太郎は木で鼻をこくったように言い捨て、顔を書面に戻した。

「唐桟って着心地もいいのかい？」

「話しかけないでもらえますか？　親分さんの大切な書面なのでしょう？　書き損じたら一大事です」

「悪ぃ、悪ぃ」

利太郎は、明らかに苛立っていた。

「やはり、目鏡が合っていないのか」

と、宗太郎は独りごちた。度の合わない目鏡をかけていると、目が回って頭が痛くなることがある。

子どものころ、宗太郎はこっそり爺の目鏡をかけて遊んでいて、仰向けにばったんと転倒したことがあった。そのときに座敷の火鉢を倒し、右肩で赤々と燃える炭を踏んでしまった。その火傷の傷が、ご存じ紅葉錦《もみじにしき》になっていた。

宗太郎はあずき色の肉球のある手で、自分の右肩をさすった。もう痛くもかゆくもない古傷だが、ふとしたときに疼《うず》くことはあった。

「おう、利太郎」

銀四郎の呼びかけを聞こえないものとして、利太郎は一心に筆を走らせていた。

「さっき、おめえさん、馬の脚なら明日にでも舞台に立てるって言ってたが、オレやってもいいいぜ」

利太郎がため息まじりに筆をおいて、目の前に座る権七に書面を突き出した。

「書きましたよ」

「はい、どうも。そしたら、お前さんには血判ももらっておこうかね」

「血判？　どうして、わたくしだけ？」

「このあと、ご一同にももらうともよ。ええと、どこかに刃物はねぇかい。指先をちくっと切る刃物がねぇな」

権七がきょろきょろすると、銀四郎が腰に差した脇差代わりの蝙蝠扇を利太郎の前に置いた。

「これ使いな」

「用心棒の先生、こりゃどうも」

権七が銀の字に礼を言うのを聞いて、利太郎がほとほとおっくうそうに扇子に手を伸ばし、鞘を払う仕草をした。

「ん?」

利太郎が細い首を傾げた。

「利太郎どの、それは扇子ですぞ。刃物ではありませんぞ」

「扇子……」

「刃物なら、それがしの脇差をどうぞ」

宗太郎は銀四郎の隣に座り込んで、自分の脇差を差し出した。

「脇差……」

しかし、利太郎はすぐには脇差を手に取ろうとしなかった。何度もまばたきをして、何を差し出されたのかを見定めようとしているようだった。

「利太郎。おめえさん、その目鏡じゃ、よく見えねぇんじゃねぇのかい？」

「はい？」

銀四郎がおもむろに両手を広げ、それから三本の指を立てた。

「この指、何本に見える？」

「なんですか、藪から棒に」

二本にする。

「これは？」

一本にする。

「これは？」

「指が……、なんだって言うんですか」

「おめえさん、目なんざ悪くねぇんじゃねぇのかい？」

銀四郎の声音は冬晴れの空のように一点の曇りもなく、淡々としていた。

「何が言いたいんですか」

「今、扇子を脇差と見間違えただろう？」

銀四郎の振り下ろした鎌、あるいは鉈は確実に利太郎のしっぽを捕らえていた。目鏡の下で、利太郎が両目を見開いていた。

それは塩を食らったナメクジなどではなく、はしこそうな眼光鋭い目だった。

「わたくしは目が悪い、それが嘘だって言いたいんですか」

「だってよ、その目鏡をかけてからのおめえさんは、てんで周りが見えてねぇみてぇだからよ」

「言いがかりはよしてください」

「そいじゃ、ここに書いてある文字が見えるかい？」

銀四郎が床板に広げた書面の『ここ』を扇子で叩いて挑発すると、利太郎はそれを両手でひったくって目の前に運んだ。

「見えますとも」

その声は、あながち役者というのも嘘ではないのかと思うほど、よく通った。

「日本橋照降町《てりふりちょう》の目鏡売り、春造。深川佐賀町《ふかがわさがちょう》の植木職人、甚九郎。日本橋小網町《こあみちょう》二丁目の醬油酢問屋上総屋の嘉市《かいち》。日本橋堺町の唐物屋浜松屋の辰兵衛《たつべえ》。同じく堺町の履物問屋小島屋の八郎兵衛《はちろうべえ》」

よどみなく、読み上げた。

「ここにいるみなさんの、所書きと名書きが並んでいます」

しばし、誰も声を発しなかった。茶釜の湯の沸く音と、窓の外から聞こえる餅搗きの声だけが耳の奥深くをとんとんと震わせていた。

どれほどどしてからか、

「そうかい、やっぱり見えてねぇかい」

「……え？」

「問うに落ちず、語るに落ちる、ってぇのはこういうことを言うのよ」

と、銀四郎の声が一段低くなった。

「利太郎、目鏡を外して見てみな」

言われて、利太郎が目鏡をむしり取った。

急に見え方が変わって目が回ったか、利太郎の半身はかすかに揺らいでいた。

そして、はしこそうな目をしばたたいた。

「これは……！」

「この書面に書いてあるのは、オレと猫の手屋と権七親分の所書きと名書きよ。目鏡売り、植木職人、若旦那、ご隠居たちに書いてもらったのは、こっちでい」

銀四郎があぐらをかいた膝の下から、別の奉書紙を取り出した。

「いつすり替えたんですか、意地の悪いことをしますね」

「途中で書面をすり替えたことにも気づかねぇくらい、その目鏡じゃ、よく見えてねぇんだろう」

また、しばしの沈黙。

それを打ち破ったのは、利太郎の抑揚のない声だった。

「だから？」

「おう？」

「だから、なんだって言うんですか。ええ、わたしはおっしゃるとおり目は悪くありません。それだけのことです」

「目が悪くねぇんなら、一階の板の間で、なんでおめえさんはめいせんと唐桟を取り違えたのかい？」

「目が悪くなくても、目が疲れているということはありますでしょう。それに板の間では誰も何も盗まれてはいないんですから、今さら、わたくしが責められるいわれもないでしょう」

利太郎が忌々し気に目鏡を床板に叩きつけた。

「おうおう、目鏡を乱暴に扱うんじゃねぇよ。そいつは本水晶の玉が入った、高ぇ目鏡なんでい」

「失礼しました」

と、利太郎が宗太郎を見やって投げやりに言った。宗太郎の目鏡だと信じているようだった。

「利太郎、おめえさんは目がいいから、目鏡のこと何も知らねぇんだな。若ぇやつが使う目鏡と、年増や年寄りが使う目鏡とでは玉が違ぇのよ」

「へえ、そうですか」

「若ぇやつが遠くを見るためにかける目鏡は薄いビードロの玉、年増や年寄りが手もとを見るためにかける目鏡は分厚い本水晶の玉を使うのよ。この本水晶の玉ってのは、めっぽう高ぇ」

「そうなのかい、目鏡売りの旦那？」

と、権七が階段近くに座っていた春造に訊いた。春造は権七の声にびくりと身体を震わせ、血の気のない顔で荷箱を抱え込んでいた。

見れば、春造だけでなく、二階座敷の面々は一様に顔の色を失くしていた。

「本水晶の目鏡は一両もするんだぜ。切り餅ひとつで、二十五個は買えるんだぜ」

「そうなのかい、目鏡売りの旦那？」

また権七に訊かれ、春造が歯を鳴らさんばかりに震えだした。

「利太郎、おめえさんがかけてた目鏡は、年寄りが使う本水晶の玉の目鏡よ。さっき、おめえさんは目が悪くねぇことをすぐに認めちまったが、残念でい、あそこで年寄りのための目鏡だから見えねぇって言い張るのが悪党の正解でい」

利太郎がため息をこぼして、宗太郎を見た。

「そちらの化け猫さんは年寄りだったんですね。まぁ、そうですね、化け猫って年老いた猫がなるんですもんね。うっかりしていました」

「それがしは化け猫でも、年寄りでもありませんぞ」

宗太郎がついむきになると、銀四郎が笑った。

銀四郎は、利太郎に目鏡をかけさせることでしっぽを出させようと考えた。年寄りのための目鏡は、若い人がかけても焦点が合わずに物がよく見えない。目がいい人でも、悪い人でも、それは同じことだった。

それなので、目がいいのか、悪いのかがはっきりしなかった利太郎に、どちらにしても物が見えにくくなる分厚い玉の目鏡をかけさせる策に出たわけだ。

「おめえさんの手にある書面に五人の奴さん方の素性は書いてないぜ。なのに、おめえさんがそらんじることができたのは、なんででい？　どういう付き合いでい？」

「仮に、わたくしがみなさんと付き合いがあったとして、だから？　だから、なんだって言うんですか」

「おめえさんと、ここにいる五人の奴さん方は仲間なんだろう？」

「なんですか、仲間って」

「板の間稼ぎの利太郎一座よ」

「なんですか、一座って」

利太郎が噴き出して笑い、銀四郎に言い返した。

「用心棒の先生は本当に戯作者になりたいみたいですね」

「おう、オレが戯作者なら、こう考える。おとり役のおめえさんが一階の板の間で板の間稼ぎの騒動を起こし、その隙をついて、仲間が二階座敷で盗みを働く。いや、実際には働いちゃいねぇ。盗まれたって言い張るだけでいい」

「なんのために？」

「善意の押し売り強盗をするためよ。盗まれた側を演じて、春造をかわいそうな目鏡売りに仕立てあげて、まんまと一両持ち出しの二十五両をせしめたわけでい」

「強盗とは聞き捨てなりませんね。それに、せしめたわけではありませんよ。ご主人のご厚意です」

そう言い逃れできるのが、この筋書きの狡猾なところだった。

「用心棒の先生も見ていらしたでしょう？　この中の誰が何を盗んだって言うんですか。みなさんは盗まれた側ですよ」

そうだよ、そうだね、とこれまでなら声をかけてきそうなご隠居たちが、今はだんまりを決め込んでいた。筋書きにない運びになり、互いにうかつなことは言わないように、見えないところで目引き袖引きしているのかもしれない。

利太郎のしっぽはつかめた。利太郎がそらんじた二階座敷の面々の所書きと名書きは役作りの上でのでたらめだろうが、それを知っていたということで、利太郎と二階座敷の面々のつながりは明らかだった。

ここからが肝心だ。一座のしっぽを芋づる式につかみあげるには、あともう一押し必要のようだ。

宗太郎は借りてきた猫のようになっている一座の面々を見回し、口を開いた。

「おのおの方」

ひと際、春造がびくりとした。権七の隠し包丁がもっとも利いているのは、どうやら春造のようだった。

ならば、ここを押してみよう。押して駄目なら、引いてみよう。宗太郎も近ごろでは駆け引きというものを覚えた。

「この江戸では、十両盗めば首が飛ぶと言います」

首が飛ぶ、つまり死罪だ。公事方御定書《くじかたおさだめがき》で決まっていた。

銀四郎は『若ぇの、何を言い出すんでい』という顔をしていたが、黙って聞き役に回ってくれていた。

「今回は六人がかりで二十四両、ひとりあたりでは四両の盗み働きになります。四両としてお裁きが下るのであれば、首が飛ぶことはないでしょう。敲《たた》き、追放、入れ墨あたりで済むのかもしれません。しかし、この十両というのは合算なので、過去に二度同じ善意の押し売り強盗をしていれば、すでにひとり八両、今日で十二両になります」

「十二両……」

と、一座の中から声に出してうめいた者がいた。

「十両を越えれば、首が飛びます」

ざわざわ、と二階座敷に臆病風が吹き荒れた。

「春造さん、あなたに至っては今、一両持ち出しの二十五両も持っている」

「えっ……」

「首が飛ぶだけでは済まないかもしれませんぞ」

「ひっ……」

宗太郎はほとんどまばたきをすることなく、じっと春造の目を見て話した。

春造は猫が好きだろうか、嫌いだろうか。嫌いなのであれば、奇妙奇天烈な白猫姿のさむらいに金色の目でにらまれながら死罪がどうこうと話をされれば、身の毛がよだつのではないだろうか。

「お、おいらは……」

「恐ろしいことですな」

「お、おいらは……」

「ですが、もっと恐ろしいことに、犬猫にご利益のあるここ長谷川町で悪事を働くと、なんと化け猫に七代先まで祟《たた》られますぞ」

「化け猫！」

春造が尻もちをついた。

猫好きの歌川国芳なら、『猫に祟られるたぁ、ありがてぇ』と諸手を挙げて喜ぶところだろうが、一座の面々は百面相さながら顔がひきつっていた。それもそのはず、一座の面々は長谷川町の町人ではない。犬猫にさほど思い入れがない。化け猫と聞けば、恐ろしい妖怪としか思わない。

しかも、目の前には今、その化け猫がいる。

宗太郎は化け猫ではないが、この場は甘んじて化け猫を演じようと思った。

「ちが、違う……！　お、おいらは初めてなんだ！」

「ほう？」

「利太郎に誘われて、初めてやったんだ！」

春造が荷箱から切り餅を取り出し、初吉に放り投げた。切り餅は決して軽いものではないので、受け取った初吉はあやうく、仰向けに仰《の》け反って階段を転げ落ちてしまいそうになっていた。

「目鏡売りさん、何を言っているんですか。誘うも誘わないも、わたくし、お前さんに今日初めてお会いしたんですよ」

「そういうことにしろって、利太郎が言ったんじゃないか！」

「目鏡売りさん、どうしたっていうんですか」

　利太郎は微笑んではいたが、はしこそうな目は笑ってはいなかった。むしろ、刺すような眼差しで春造を見つめていた。

「切り餅はもう返したんですから、おいら何も悪くないですよね？　悪いのは利太郎と、ここにいるやつらですよね？」

　まくしたてる春造に、『ここにいるやつら』が負けじと食ってかかった。

「なんだい、春造。ひとりだけいい子ぶるんじゃないよ」

　そう叫んだのは、醤油酢問屋の若旦那だった。

「だから、わたしは言ったんだよ。どこの馬の骨かもわからない男を仲間にするのは厄介だって。臆病風は臆病風邪、人にうつるんだよ」

　そう吐き捨てたのは、唐物屋のご隠居。

「落ち着きなって、わたしらはなんも悪いことはしちゃいないよ。切り餅は銭洗湯さんがご厚意で融通してくれただけだろう？」

　そう開き直るのは、履物問屋のご隠居。

「わたしはハナから何度も言っていましたよ。この人たちが何をしていようと、わたしには関わり合いのないことですって」

　と、これはいかにも甚九郎らしい言い分だ。

　それにすぐさま、醤油酢問屋の若旦那が逆捩《さかね》じを食らわした。

「甚九郎、お前はいつもロクな働きをしないで文句ばっかり言いやがる。利太郎さんが春造を入れたのは、役立たずのお前の代わりにするためなんだよ」

「笑わせんな、嘉市。どっちが役立たずか、よっく考えろ。春造は切り餅を放り投げやがったんだぜ」

「そうだよ、春造、銭洗湯の旦那のご厚意を無下にしちゃいけないよ」

「そうだね、春造、そんなの板の間稼ぎ以下の薄情な行いだよ」

あちこちから声が飛び交い、二階座敷が喧々囂々《けんけんごうごう》となった。

「これも……芝居か？」

仲間割れを装うことで、逃げ道を模索しているのだろうか。

春造は腰が抜けてしまったのか、尻もちをついた格好のまま、すがるような目で宗太郎を見上げていた。

はて、ここからどうしたものかと宗太郎が考えあぐねていると、

「おめえら、しっぽが丸見えだぜ」

と、銀四郎が低い声で一同を黙らせた。

「狐《きつね》のしっぽもあれば、狸《たぬき》のしっぽもありやがる。中には、鼠《ねずみ》のしっぽみてぇな野郎もいる。ちいせぇ、ちいせぇ。それにくらべて、利太郎のしっぽはどうよ」

一座の面々が利太郎を見た。

利太郎はまったく動じることなく、涼しい顔で茶をすすっていた。

「さながら、九尾の狐ってとこかい。化けの皮が剝がれても、白面は崩れねぇ」

「こういうときに騒いでも損するだけですからね」

「おうおう。てめぇの犯した、善意の押し売り強盗を認めるってことかい？　自訴するってことでいいのかい？」

「ここはお白洲ではありませんよ？　そして、用心棒の先生はお奉行さまではありませんよ？　遊び人風情に、このわたしがどうして自訴しなきゃならないんですか」

「利太郎どの、口を慎みなされ」

利太郎の厚顔な物言いに黙っていられなくて、宗太郎はたまらず口を挟んだ。

それを銀四郎が手を振って止め、おもむろに懐手になった。淡々と言って聞かせる低い声が、重々しい声になっていた。

「両国西広小路の役者、利太郎。この銭洗湯でオレが見たこと、聞いたことのすべてが、評定の折りには動かしがてぇ証拠になる。ここは白洲でもねぇし、オレは今は奉行でもねぇが」

そう言うと、銀四郎はさっそうと片肌脱ぎになって桜吹雪の博徒彫りを披露した。

おおう、と宗太郎は感嘆の声を漏らした。あっぱれな桜吹雪だった。宗太郎はこの博徒彫りに、恐れと、畏れと、幾分かの憧憬の念を抱いていた。

「悪事働きの場に桜吹雪の銀の字が居合わせたのが運の尽き、てめえのその運の悪さを呪いやが……うおう⁉」

呪いやがれ。

言い切る前に、春造が銀四郎の桜吹雪の背中に体当たりをして、宗太郎の右足にすがりついていた。

「化け猫さま、後生ですから許してください！　おいらのしっぽは鼠のしっぽ、本当は悪いことができるような男じゃないんです！」

「ぬ、ぬう……。春造どの、なんということを」

片肌脱ぎの銀四郎は大八車に轢《ひ》かれたアカハライモリのように、手足をしだらなく床板に放り出していた。

「ちち……、いえ、銀四郎どの、お怪我はあり……うおう⁉」

お怪我はありませんか。

言い切る前に、今度は甚九郎が宗太郎の左腕にしがみついてきた。

「化け猫さま、わたしは長谷川町には庭の手入れに来ただけです！　こいつらが何をやらかしていようと、わたしには関わり合いのないことなんです！」

「甚九郎どの、それがしは化け猫では……」

いや、そうか、今日は化け猫であった。

「化け猫さま、わたしの顔を忘れないでくださいね。左顎に、ほら、傷がありますでしょう？　この傷をよっく覚えておいてくださいね。崇るならほかの顔を、この顔だけは崇らないでくださいね」

甚九郎が顔を寄せてわめくものだから、唾が雨あられのように降りかかった。

長谷川町で悪事を働くと化け猫に崇られるというハッタリが、思ったよりも利いたらしい。立て続けに、右腕にも追いすがられた。

「化け猫さま、わたしは目やにのひどい猫を拾って飼っていたことがあります。雨に濡れていた猫に傘をくれてやったこともあります。庭で死んだ猫は両国の回向院で弔っています。ええ、何度も猫を助けております」

醤油酢問屋の若旦那だった。

「崇るか崇らないかのご判断の際には、魔が差した悪事ばかりをあげつらうのではなく、いいことをした分はちゃんと加味してくださいましね。わたし、何度も猫を助けておりますからね」

ずいぶんと手前勝手な言い分である。

三人は悪事を犯したことを悔い改めるのではなく、化け猫に泣きつくことで崇りから免れんとする腹積もりのようだった。

「どこまでも性根の腐った者どもよ」

だいたい、父上が啖呵《たんか》を切っているところであったろうが！

宗太郎は春造に体当たりされたアカハライモリのことが、いや、銀四郎のことが気になってならなかった。

「いっちいいところで、邪魔しやがって」

と、銀四郎が恨み節を言いながら起き上がった。

権七がその背中を支えながら、

「目鏡売りの旦那、人の話は最後まで聞くのが礼儀ってもんですぜ」

と、宗太郎の足にすがりついている春造を咎めた。

しかし、その声は春造の耳にまったく届いていないようだった。薄幸そうな顔は、瘧《おこり》に罹《かか》ったように震えていた。

「いやだよ、三人とも。知らないのかい、猫先生は化け猫じゃないよ。猫神さまなんだよ。三光稲荷のご本尊なんだよ」

話を混ぜっ返したのは唐物屋のご隠居で、

「猫神さまは慈悲深いお猫さまだよ。まさか、わたしたちを祟ったりするわけないじゃないか。だって、わたしたちにはなんの後ろ暗いこともないんだから」

あくまで白を切るのは履物問屋のご隠居だ。

化け猫でも猫神さまでも、ましてや、三光稲荷のご本尊でもない宗太郎だが、一座の面々を脅かすことができるのなら、この際もう細かいところは聞き流そうと思った。

「猫神さま、これはほんのお賽銭《さいせん》ですよ」

「お賽銭？」

「はい、ご利益がありますように、よろしくお頼み申しますね」

履物問屋のご隠居が、宗太郎の懐に手早く何かを差し入れた。胸もとがずしりと重くなった。いわゆる、〝袖の下〟というやつだった。

「なんの真似ですかな、ご隠居」

「ですから、よろしくお頼み申しますね」

へへ、と履物問屋のご隠居が下卑た笑いを浮かべた。

「そういうことでしたら、わたしからは三途の川の渡り賃を前払いしておきましょう」

「三途の川の？」

「地獄の沙汰も金次第と言いますからね。地獄と祟りは御免こうむりますよ」

宗太郎は唐物屋のご隠居からも、袖の下を懐に押し込まれてしまった。

先に権七に持ち物を改められたときには、ふたりとも板の間稼ぎにやられた態でおけらを演じていたはずなのに、こんな大金をどこに隠し持っていたのだろう。

この歯のない年寄りふたりは、金に物を言わせようとしているようだった。

「なんとも片腹の痛いことよ」

この滑稽な修羅場を、利太郎は他人事のように大口を開けて笑って見ていた。

悪党どもが今なすべきことは、化け猫に泣きつくのでもなく、猫神の機嫌を取るのでもなく、ましてや他人事を装うのでもなく、富兵衛と初吉にまずは詫びを入れることなのではないか。詫びれば済むことではないにしても、それが人の道というものなのではないか。

「悪党どもにあるのは、人の道より逃げ道か」

宗太郎は気がついたときにはもう足を蹴り上げ、両手を振り回し、土俵の上の力士のように一座の面々を振り払っていた。

「おのおの方、尋常に居並びなされ！」

宗太郎の雷が落ちた。

「この銭洗湯でそれがしが見たこと、聞いたことのすべてが、評定の折りには動かしがたい証拠になります」

そう言うと、宗太郎は父を真似てさっそうと片肌脱ぎになった。

右肩の、紅葉の形に似た小さな火傷の痕を披露した。

「悪事働きの場に紅葉錦の猫の手屋宗太郎が居合わせたのが運の尽き、おのおの方のその運の悪さを呪うことですな」

一同の視線が宗太郎の紅葉錦に集まり、海に沈んだような沈黙が広がった。

しん、と。

ずいぶんと長いこと静まり返っていたように宗太郎には思えたが、実際には一拍二拍のことだったのかもしれない。

沈黙を破ったのは、威勢のいい一本締めの手拍子だった。

宗太郎は窓の外を見やった。斜向かいの表店の餅搗きが終わり、鳶の者たちが威勢よく一本締めの手を叩いたところだった。


利太郎一座は、長谷川町の自身番へしょびかれた。

運よく、なのか、運悪くなのか、自身番に八丁堀の役人が詰めていなかったので、権七が土間に筵《むしろ》を敷き、その上にお縄になった六人を座らせて、同心がやって来るのを待つことになった。

「よっし、そいじゃ、オレは帰るぜ」

遊び人の銀四郎が、着流しの裾をつまみ上げて言った。

お天道さまは、すっかり南天にあった。表店から、裏店から、年用意の餅を搗く声はますますにぎやかになっていた。

「父上、額にお怪我はありませんか？」

「なぁに、舐めときゃ治る」

「あの……、いろいろと、ご尽力賜りまして拝謝いたします」

「そりゃこっちの台詞《せりふ》よ。楽しかったな、宗太郎」

「は……、はい。ハラハラしました」

「オレも紅葉錦にはハラハラしたぜ」

「ああ……」

宗太郎は羞恥で頭を抱えた。頭に血が上って、調子に乗ったことをしてしまった。それも、父の前でやらかしてしまった。

「古傷が疼きまして、その……、差し出がましい行いであったと反省しております」

「やれやれ、もっとやれ。この町で起こることすべてが、お前の血となり肉球となる」

「肉……では？」

「そうとも言う」

ハハハ、と父が笑った。

「また杵柄を取りにくることもあるだろうからよ、そんときはよろしくな」

「お待ちしております」

猫の手屋宗太郎と、桜吹雪の銀の字で、また何か町の人々のためにできることがあるのなら楽しみだと宗太郎は思った。

「正月には帰るよな?」

「は、はい。大晦日には帰ります」

「おう、山の神も楽しみにしてらぁ」

「母上にも、くれぐれもよろしくお伝えください」

「鉄棒ぬらぬら先生のことは」

「黙っておきます」

「頼んだぜ」

父が着流しから脛をちらつかせて、愛宕下大名小路の拝領屋敷へ帰っていった。八丁堀の役人たちが来る前に立ち去りたかったのだろうが、せめてもう少しだけと引き留めたくなるほどにあっさりとした引き際だった。

「おや、猫先生、用心棒の先生は?」

権七が土間の支度を終えて表通りに顔を出したときには、銀四郎の後ろ姿は町木戸の向こうへ消えていた。

「それがしは猫先生ではありませんが、銀四郎どのは帰りま……、いえ、用心棒の仕事に戻りました」

「ああ、そうですかい」

権七が銀四郎の消えた町木戸の先を見やりながら、小鼻の右横のイボをかく。

「まもなく八丁堀のみなさんがお見えになりやす。この通りを向こうからやって来ることになると思いやすが、すれ違っても、まぁ、気づかれないでしょう」

「はい？」

「前のお奉行さまが脛をちらつかせて市中を歩いているとは、どちらさんも思わないでしょうから」

「……はい？」

「ああ、おいでなすった」

権七が何ごともなかった顔で、近づく黒羽織の同心衆に頭を下げた。

加牟波理《がんばり》入道《にゅうどう》、ホトトギス

「加牟波理入道《がんばりにゅうどう》、ホトトギス」

夜四つ半（午後十一時ごろ）過ぎの厠《かわや》で、近山宗太郎《ちかやまそうたろう》は金色の目を見張って唱えた。

少々気合が足りなかったかと思い直し、もういっぺん、大声で唱えてみる。

「加牟波理入道、ホトトギス」

これは、江戸ではよく知られたまじないの文句である。

大つごもりの晩に厠で唱えれば、妖怪を見なくなるという。

「加牟波理入道、ホトトギス」

我ながら子ども染みているとは思ったが、宗太郎は何度か大声で繰り返した。

加牟波理入道というのは、厠に出る入道の妖怪のことだ。妖怪画を多く残した江戸中期の浮世絵師は、口からホトトギスを吐きながら厠をのぞく入道を描き、加牟波理入道と紹介していた。

江戸では、厠でホトトギスの鳴き声を聞くと不吉なことが起きると言われていた。

そこで〝加牟波理〟を〝眼張《がんばり》〟にして、眼を見張って恐ろしげなる文句を唱えることでホトトギスを脅かそうとでもいうのか、いつしか恐ろしげなる文句を唱えれば不吉に打ち勝ち、ひいては妖怪そのものを見なくなると信じられるようになっていった。

ことにこのまじないは子どもたちからの信心は絶大で、大つごもりの晩には男児も女児もこぞって厠で大声をあげた。

「加牟波理入道、ホトトギス」

駄目を押してもういっぺん唱えてから、宗太郎は厠を出た。

厠の外には寒々しい廊下が続いていた。床板は冷たく、一歩足を踏み出すたびにギシギシと音が鳴った。

幼少のみぎり、宗太郎はこの廊下が怖くてならなかった。両側が壁になっている細長い廊下は、昼でも夜でも鯨の口の中のように真っ暗だった。

師走つごもり、宗太郎は日本橋長谷川町《にほんばしはせがわちょう》の三日月長屋から、芝《しば》の愛宕下大名小路《あたごしただいみようこうじ》にある拝領屋敷に帰宅していた。親子水入らずで、新年を迎えるためだ。

父とは数日前に銭洗湯で顔を合わせていたが、母に会うのは秋ぐち以来だった。来年はもう少し頻繁に顔を見せるようにと、両親からやさしく説教をされた。

「ふむ。明くる年はよい年になりそうである」

宗太郎は勝手知ったる屋敷で過ごすひとときが心地よくて、至極上機嫌だった。

広間では、父と爺《じい》が酒盛りをしていた。除夜の鐘が鳴るまで起きているというので、下戸の宗太郎も茶をすすりながら、ふたりの夜更かしに付き合うことになった。

ただし、茶というのはすすりすぎると頻繁に尿意を催すから厄介だ。寒さもあって、宗太郎は何度ものっそりと厠に立つ羽目になった。

厠へ立つこと五回目で、宗太郎はあることを思い出した。

それがくだんの、妖怪を見なくなるまじないの文句だったのである。

「三日月長屋では気恥ずかしくてできなかったが」

縄暖簾《なわのれん》なん八屋つるかめの子どもたちではあるまいし、さすがにいい大人の宗太郎が共同の厠で大声を張り上げるわけにはいかなかったが、拝領屋敷の厠なら誰に気兼ねすることなく、まじないの文句を唱えることができた。

「これでもう、猫の妖怪にたぶらかされることもあるまい」

宗太郎は猫の妖怪の猫股《ねこまた》と、深い因縁があった。

何しろ、猫股たちは暇つぶしに人をたぶらかす。褻《け》にも晴にも昼でも夜でも、あやつらは鴨《かも》になりそうな人間がやって来るのを手ぐすねを引いて待っているのだ。

元はといえば、飲めない酒に酔って前後不覚になったおのれがいけないのだが、猫股の白闇《しろあん》との取り引きで、宗太郎は奇妙奇天烈《きてれつ》な白猫姿に身をやつすことになった。

「百の善行を積めば人の姿に戻れるという話ではあったが、はたしていくつ積めているのであろうか」

塵《ちり》も積もれば〝人〟となると信じ、猫の手屋の看板を掲げて町の人々に猫の手を貸し続けているが、一向に人の姿に戻れる気配はなかった。

聞くところによると、猫は七より大きい数がわからないそうだ。猫が七代先までしか祟《たた》ることができないのは、そういう事情あってのことらしい。

「それで、どうやって百の善行を数えるというのであろうか」

時が来れば、猫のお白洲《しらす》が開かれ、猫奉行によって人に戻れるかどうかの沙汰を申しつけられるというが、時とは一体全体いつのことなのであろうか。

「明日か、あさってか」

はたまた半年後か、一年後か。

その間、いつまた通りすがりの猫股にたぶらかされるともわからないので、宗太郎は転ばぬ先の杖《つえ》として『加牟波理入道、ホトトギス』を唱えたというわけだ。

「さぁて」

宗太郎はあずき色の肉球のある足で、暗い廊下をひたひたと進んだ。突き当りを右手に折れると、長い縁側に出た。

つごもりの夜空に月の姿はないが、星のまたたきの分だけ、鯨の口の中よりは幾分か明るい海に出たような心持ちになった。

ひたひた、ひたひた、と宗太郎はしめやかな足音を立てて広間へ急いだ。右手には納戸や仏間、宗太郎の居室、母が就寝している寝所などの部屋が続き、左手には手入れの行き届いた庭が広がっていた。

「ぬ？」

ふと、宗太郎は庭のナナカマドの木の下にうずくまる人影があることに気づいた。

夜目の利く金色の目には、若い女がうずくまっている姿がはっきりと見て取れた。

「御女中衆……？」

お仕着せの長着や島田に結った髪からして、若い女は母の身の回りの世話をする奥女中のようだった。武家屋敷の奥女中というと、商家の子女が行儀見習いとして勤めに上がっていることが多い。この者もそうした伝手《つて》で母のもとに上がっているのだとすれば、町家とは勝手が違う武家屋敷で迷ってしまったのかもしれないと宗太郎は思った。

「そこもと、このような刻限にいかがしたか？」

宗太郎は足を止めて、奥女中に声をかけた。寝ている母を起こさないように小声で呼びかけたら、存外低い声が出た。責め立てているように聞こえたたなら申し訳ないと宗太郎は内心慌てたが、顔を上げた奥女中の声は淡々としたものだった。

「若殿さま、床下に仔猫《こねこ》がおります」

「なぬ？」

「仔猫がおります」

そう言って、奥女中が縁の下を指差した。うずくまっているように見えたのは、床下をのぞき込んでいたからだった。

「仔猫とな」

「近ごろ、奥方さまが目をかけておいでになる仔猫です。三匹おります」

「三匹とな」

宗太郎が耳を澄ますと、確かに足の下からミーミーという鳴き声が聞こえた。

「ふだんは日の高いうちは寝ているばかりで、夜更けてから庭を駆け回っているのですが、今夜はいつもより遅い時分までお屋敷がにぎやかですので、どうやら怖がって縁の下に隠れてしまったようなのです」

なるほど、大つごもりの晩のにぎやかさは尋常ではない。人間たちの笑い声や足音がひっきりなしに屋敷内のあちこちから聞こえているのだから、仔猫たちにとってはさぞや恐ろしい一日になっていることだろう。

「どれ」

宗太郎は庭に下り立ち、片膝をついて縁の下から床下をのぞき込んだ。

床下からは、ぷんとカビとほこりのにおいがした。奥は漆で塗り固めたような暗さだったが、宗太郎には床束《ゆかづか》の足もとで身を寄せ合って鳴いているぶち猫たちの姿をしかと見ることができた。

「おおう、かなり奥まで入り込んでしまっているな」

「若殿さま、三匹をお助けくださいませ」

奥女中は細面で、上がり目の人相だった。淡々としたしゃべり方と、吊り上がった目尻のせいか、ずいぶんとぶっきらぼうな女人だと宗太郎は思った。

「三匹は、まだほんの仔猫です。床下などに隠れていては、鼠《ねずみ》に襲われることもありましょう」

「心配はあるまい。猫は仔猫のうちから鼠の取り方を知っている」

「では、蛇に襲われることもありましょう」

「蛇……」

子どものころ、この庭で宗太郎は何度かアオダイショウを見たことがあった。アオダイショウに毒はないが、大きいものだと体長が六尺近くにもなった。

「ふむ、蛇なら丸飲みしかねんな」

「お助けくださいませ」

ぐい、と奥女中に背中を押された。

「お助けくださいませ」

ぐいぐい、とさらに背中を押されて、宗太郎はつんのめって両膝をついた。

「ぬう。さすがに、この図体《ずうたい》では狭い床下には入れまい」

「そんなことはございませんよ。猫は顔さえ入れれば、身体も入るのが道理です」

「それがしは猫ではないゆえ」

「お早く、お早く」

どん、と奥女中が宗太郎の背中を突き飛ばした。

その勢いで、宗太郎は頭から真っ逆さまに床下に落ちていった。

「うおう⁉」

床下が、こんなにも深い穴になっているとは知らなかった。まるで奈落へ落ちるかのようだった。

頭から真っ逆さまに落ちたつもりが、ほどなくしてふつうに足から着地した。

「ぬ……」

腰を屈めることなく、宗太郎はしっかりと背筋を伸ばして立っていた。

「はて、面妖な」

ここはどこなのか、床下にしては深く、やたらにだだっ広い場所である。

金色の目で周囲を見回すと、等間隔に柱と床束が点在しているのが見えた。ところどころで、クモの巣が砂ぼこりを吸っていた。顔を上向ければ、頭のすれすれのところに母屋の根太《ねだ》と床板があった。

「床下であることには間違いないようであるな」

これまで知らなかっただけで、武家屋敷の床下というのは広小路になっているのが当たり前なのかもしれないと、宗太郎は自分を納得させることにした。

「お早く、お早く」

奥女中の急き立てる声がするので顔を向けると、縁の下の向こうにお仕着せの長着の褄《つま》が見えていた。

「あの者、女人と思えぬ馬鹿力であったな」

そもそもが突き飛ばすとは無礼ではあるまいか、などとぶつぶつ言いながら、宗太郎はあずき色の肉球のある手で袴《はかま》の両膝についた泥汚れを払った。

ミーミー、と仔猫の鳴く声がした。

「どこか」

目をこらせば、庭で見たよりもうんと奥深くでぶち猫たちが鳴いていた。

「おおう、そんなところにいては寒かろう」

言ったそばから、宗太郎はくしゃみをした。カビとほこりのにおいで鼻がぐしゅぐしゅしたというのもあるが、それ以上に床下は歯の根が合わなくなるほど寒かった。

「ひとまずは、それがしの居室まで運ぶとしよう」

宗太郎はぶるぶると震えながら、床下を奥へ奥へと進んだ。立ったまま歩けるので移動はさほど困難ではないものの、クモの巣が顔にひっかかるのには難儀した。

何本目かの床束までやって来た宗太郎は、まずは仔猫たちを怖がらせないように背中を丸めてしゃがみ込んだ。

「よしよし」

つるかめの女将《おかみ》のお軽《かる》なら『よちよち』と声をかけるところだろうが、宗太郎はそこまで猫におもねる気はなかった。

ぶち猫は、奥女中の話のとおりに三匹いた。まだ青い目をしているので、宗太郎が夏の終わりに拾った田楽《でんがく》と同じくらいの月齢のようだった。

宗太郎がそっと猫の手を出すと、三匹は警戒することなく、すぐに腕によじ登ろうとしだした。一匹ずつつまみ上げて雌雄を確認すると、三匹とも雄だった。

「やんちゃそうな三匹であるな」

まだ仔猫なので爪を引っ込めることのできない三匹が、宗太郎の小袖に小さくも鋭い爪を立ててしがみついた。

「これこれ、小袖で爪を研いではいかん」

「ああ、若殿さま、一大事でございます」

唐突に背後から声が降ってきて、宗太郎はぎょっとして振り返った。

上がり目の奥女中が、宗太郎の真後ろに立っていた。ほんの少し前まで縁の下の向こうにお仕着せの長着の褄が見えていたはずなのに、いつやって来たのだろう。音もなくこの深くて広い床下に落ち、音もなく近づいてきたのか。

「若殿さま、神妙に事に当たらなければなりません」

「大げさな、小袖で爪を研いだだけであろう」

「いいえ、そうではありません。こやつらは猫ではございません」

「なぬ？」

「狸《たぬき》でございます」

「いや、この青い目や、出しっぱなしの爪は仔猫の……」

そう言って、宗太郎は奥女中から三匹に顔を戻し、再びぎょっとした。

「……仔猫ではない？」

ぶち猫だった三匹が、焦げ茶色の三匹になっていた。ミーミーという鳴き声や、爪が出しっぱなしのところは変わらないが、顔つきが明らかに猫ではなくなっていた。

鼻が伸び、猫というよりも犬のような顔に様変わりしていた。まだ仔は仔ではあるが、仔猫ではなく、

「仔狸、なのか？」

おかしい、そんなはずはない。

「若殿さま、お気をつけください。そやつらは豆狸です」

「マメダヌキ？」

「広げると八畳にもなるふぐりをぶら下げる、狸の妖怪です」

「八畳にもなる……ふぐり！」

三日月長屋の九尺二間がすっぽりと包まれるほどの……ふぐり！

いやいや、そうではない、と宗太郎は頭を振った。

「狸の……妖怪！」

先ほど厠で気合を入れて唱えた文句には、なんの意味もなかった。

『加牟波理入道、ホトトギス』

妖怪を見なくなるまじないというのは、眉唾だった。むしろ、妖怪を呼び寄せるまじないだったのではないかとさえ思えてくる。

「若殿さま、豆狸を生かしておいてもろくなことはありません。今ここで、殺しておしまいなさいませ」

「滅多なことを言うでない。これも命ぞ」

奥女中がぶっきらぼうに物騒なことを言うので、宗太郎は眉をひそめてたしなめた。

「屋敷に住まわしておいては、いずれ奥方さまに仇《あだ》をなすやもしれません」

「母上に仇を……」

それは困る。

「殺しておしまいなさいませ」

「しかし、まだほんの仔狸ではないか」

「豆狸です、狸の妖怪です。大きくなってからでは遅いのです」

「妖怪……」

かつての宗太郎は、妖怪などというものは、幽霊と同じで枯れ尾花でしかないと思っていた。目に見えないもの、出会ったことがないものは、錦絵や絵草紙の中にだけ息づいているはずのものだった。

それがこの業の深い身体になってから、妖怪も幽霊も身近なものになった。ことに猫股の白闇めは、いつもいつでも宗太郎のそばにいる。ありふれた黒猫のフリをしてニヤニヤと笑いながら、宗太郎が百の善行を積んでいるかを見張っているのだ。

「妖怪は、江戸市中のどこにでもいるのであるな」

「そうです。ですから、出会ったそばから殺してゆくのです」

「いや、それはどうか」

「お早く、お早く。川に投げ捨ててておしまいなさいませ」

「川へ……？　うおう」

いつの間にか、床下に川が流れていた。ゴウゴウと音を立て、雨のあとのように速い流れを作っていた。

「何ゆえ、床下に川なぞ流れている」

「妖怪を投げ捨てるためです」

「先ほどまで、床下に川なぞなかったぞ」

「見えていなかっただけでございましょう。この世のことは、目に見えるものがすべてとは限りません」

「むむ」

そのとおりである。この世には、目に見えないものもたくさんある。

「お早く、お早く。川に投げ捨てておしまいなさいませ」

奥女中はいやにせっつくが、宗太郎は動かなかった。

「目に見えるものがすべてではないとするならば、今ここにいる豆狸にもまた目に見えない何かがあるのかもしれんであろう」

「ええ、そうでございますね。豆狸のふぐりは何せ八畳もの大風呂敷なわけですから、目に見えるものを、目に見えないようにすることも容易です。あやつらは自分のふぐりを蓑笠《みのかさ》のように頭からすっぽり着込むことで、人にも狐にも猫にも化けることができるのです」

「頭からすっぽり……、自分のふぐりを……」

笠地蔵ならぬ笠豆狸、いや、ふぐり豆狸の姿を思い浮かべて、宗太郎は噴き出して笑ってしまった。

「笑いごとではありません。豆狸はふぐりを操り、人間にまぼろしを見せることもできるのです」

「まぼろしを……」

豆狸のふぐりとは、どれほど万能なのであろう。

宗太郎は二の腕にしがみついている、三匹の仔狸を見つめた。まだこの月齢ではふぐりは膨らんでいないので、どう広げても八畳になるようには見えなかった。

しかし、目に見えるものがすべてとは限らないわけで、目に見えないだけで今もふぐりを頭からすっぽり着込んでいるのかもしれないわけで、

「三匹らは妖怪なのか」

「そうです。化けるのがうまい妖怪です」

妖怪ならば用心するに越したことはないが、まだなんの悪さもしていない仔狸たちを、それも懸命にただ生きようとしているだけの仔狸たちを、宗太郎は川に投げ捨てることはできないと思った。

「若殿さま、やっておしまいなさいませ」

「ならん」

「若殿さま、殺しておしまいなさいませ」

「絶対にならんぞ」

「若殿さま、川に投げ捨てておしまいなさいませ」

「何がなんでもなら……ん？　うおう」

「お早く、お早く。こちらへお渡りくださいませ」

宗太郎は我が目を疑い、絶句した。

奥女中と押し問答をしている間に川の勢いがますます激しくなり、川幅が神田川《かんだがわ》ほどに広がっていたのだ。

「これが……床下の光景か？」

ああ、そうか。江戸の町は火事が多いので、武家地では床下に火除け地となる広小路を造り、なおかつ水路を這《は》わせることで万が一の際の防火用水にしているのかもしれない。そうに違いない。そういうことにしておこう、と宗太郎はもう深く考えるのはやめることにした。

それよりも、奥女中が宗太郎から見て対岸にいることのほうが今は気になった。

「そこもと、そちら側へはいつ渡ったのか」

橋など、どこにも架かっていない。

「わたくしには迷いがありませんので、渡れるのです」

「迷い？　なんの迷いか？」

「川の勢いは止まりません。そちらにいては、若殿さままでお陀仏《だぶつ》です」

「お陀仏とな」

「豆狸を川へ投げ捨てておしまいなさいませ。それができないというのであれば、三匹をそこへ置き去りにしておしまいなさいませ」

「置き去りに……」

「若殿さまだけ、泳いでこちらへお渡りくださいませ」

奥女中が上がり目を絹糸のように細めて、手招いていた。その後ろに、縁の下の向こうのナナカマドの木が見えた。

「庭へ戻るには、この川を渡らねばならんということか」

「お早く、お早く。こちらへお渡りくださいませ」

手招く奥女中の姿は、どことなく三光稲荷に供えられた招き猫のようだった。

宗太郎は二の腕にしがみつく三匹の仔狸たちを、改めて見つめ返した。

「この三匹らは、本当に狸の妖怪なのであろうか」

ただの狸の仔ということは考えられないか。

「しかし、はじめはぶち猫の姿をしていたことを思うと、やはりふぐりを着込んで化けていた豆狸……ということになるのか」

唐突にいろいろなことが起こりすぎて、わからないことばかりだった。

ただ、答えはひとつだ。

「このまま、こちらにいてはお陀仏ということ」

この床束の足もとに三匹を置き去りにすることは、見殺しにするのと同じこと。

それはできない、と宗太郎は強く思った。

「ふむ。三匹ら、じっとしておれよ」

宗太郎はおのれの小袖の袂《たもと》に手を入れ、襦袢《じゅばん》の袖を引きちぎった。それを細長く広げて三匹の仔狸を並べると、粽形《ちまきがた》に丸めて首に背負った。

「屋敷内にいたので、腰のものを差していなくてよかった」

武士の魂を濡《ぬ》らしてしまう心配はない。宗太郎は袴を脱ぎ、小袖を脱ぎ、あっという間にふんどし一丁になった。

「寒いっ」

が、仕方がない。着物を着たまま水中に飛び込んでは、すぐに水を吸って身体の自由が利かなくなる。宗太郎は脱ぎ捨てた着物をいつものように畳みかけたが、どんどん激しくなる川音から、もはやそんなことをしている暇はないと判断した。

首に三匹らの粽だけを背負い、ふんどし一丁の宗太郎はためらうことなく川へ飛び込んだ。

「冷たいっ」

深夜の寒泳は、さすがに心の臓が縮み上がった。ついでにふぐりも縮み上がったが、猫のモノは広げたところで八畳にはならない。

「そもそも、それがしは猫ではないゆえ」

気合を入れて打ち消して、宗太郎は暗い川を進んだ。

川の流れは見た目や川音ほどにはきつくなかった。宗太郎は何しろ旗本の子息であるため、剣術だけでなく、水練にも覚えがあるのが幸いした。頭と肩を水面に出した体勢のまま、すいすいと川を横切っていった。

「お見事でございます、若殿さま」

「ふん、ふん」

鼻息荒く、宗太郎は両手を伸《の》して水を掻《か》いた。

「その調子でございます、若殿さま」

「ふんぬ、ふんぬ」

少しすると、宗太郎は次第に息が苦しくなってきた。ふんどし一丁であるはずなのに、ひと掻きごとに身体が水を吸って重くなっていくようだった。

「毛皮が……濡れたせいか」

人だったころは海でも川でもよく泳いだが、そういえば、白猫姿になってから泳ぐのは初めての気がする。

「ぶくぶく」

宗太郎の頭が水中に沈んだ。

『猫ってのは耳に水が入《へえ》ると死んじまうんだろう?』

銭洗湯で父に言われた言葉がよみがえった。

宗太郎は猫ではないし、仮に猫であったとしても耳に水が入ったくらいでは死なないが、水が入ったことで耳の病になっては困るので、もしも海や川にざぶんと潜らなければならないようなことがあったら、そのときは気をつけようと思っていた。

今がまさに、そのときだった。

「ぶくぶく」

巻き足で水を掻き、宗太郎はすぐに浮き上がった。

「ぷはっ、失敬。三匹ら、大丈夫か」

おのれの耳のことより、三匹のことが気になった。首に背負った粽から、仔狸の鳴き声は聞こえなかった。

「三匹ら？」

何度か呼びかけてみたが、うんともすんともない。

「よもや……、狸は耳に水が入ると死んでしまうのか⁉」

宗太郎は立ち泳ぎのまま、首に背負った粽を前に回して、三匹の仔狸の具合を確認しようとした。ところが、この粽があり得ないほどに重かった。

「なんぞ？」

粽をうっすら開けば、中に仔狸の姿はなく、代わりに漬物石のようなものがごろんと三つ入っていた。

「石……⁉」

こんなものを背負って泳げば、それはもう重いはずだ。

「ああ、若殿さま、それは石でございます」

「どういうことか、三匹らはどこへ行ってしまったのか」

「ふぐりを着込んで、石に化けたのでしょう」

「何ゆえ、今化けるか。それも石に化けるか」

鰭《ひれ》のある魚に化ければ、川を泳げた。

翼のある鳥に化ければ、空を飛べた。

「重さのある石なんぞに化ければ、沈んでしまうだけではないか！」

百歩譲って石なら石でもいいが、銭湯でおなじみの軽石あたりに化けてくれれば水に浮いたであろうに！

「若殿さま、せっかく泳いでお渡りになろうとしても、石を三つも背負っていてはお陀仏です。今こそ、投げ捨てておしまいなさいませ」

「むう」

「石ならば、何をためらうこともありませんでしょう」

「ぬう」

「ひょっとしたら、その石はこの川底にもともとあったものかもしれません」

「そんな都合のいい話があるものか」

「見れば、その三つの石は角が取れて丸いではありませんか。水の流れが速い川で転がり、角が取れて丸くなったのでしょう」

「そういう……ものなのか？」

「さぁ、投げ捨てておしまいなさいませ」

宗太郎は立ち泳ぎをしながら、しばし迷った。

「さぁ、さぁ、投げ捨てておしまいなさいませ」

投げ捨てようか、捨てまいか、そこを迷っていたわけではない。

「これらは本当に石なのであろうか」

石の正体について、宗太郎は迷っていた。

冷たい水の中にいるせいか、石に触ると心なしか温かいような気がした。この温かさは、命の温かさなのではないであろうか。

妖怪と幽霊の違いを訊《き》かれたら、宗太郎は〝命のあるなし〟と答える。幽霊はすでに死んでいるが、妖怪はいまだ生き続けている存在だ。

「豆狸が石に化けているのだとすれば、石には豆狸の命が宿っているということになる。ならば、どうして投げ捨てられようか」

宗太郎は三つの石をもう一度丁寧に粽にし直して、いっそう迷った。

先ほどは仔狸の姿だったので、少しでも水に濡らさないようにするために首に背負って泳いだが、石に化けている間は濡れても問題ないと考えていいであろうか？

「うむ、問題ないということにしよう」

迷っていても、川の中にいては体力を奪われるだけだ。

宗太郎は覚悟を決めて、粽を背中にたすき掛けにした。これだと背中はほぼ水中に沈むことになるが、首に背負うよりも重心を取りやすいので、無駄な力を入れることなく一気に泳ぐことができた。

「三匹ら、そのまま石でいるのだぞ」

気まぐれに仔狸に戻られたら、一巻の終わりだ。とにかく、早いところこの川を渡り切るに越したことはない。

「ふん、ふん」

濡れた毛皮の重さは、それほど気にならなかった。

「ふん、ふん」

どうしても身体が沈みがちになるのは、やはり石を三つも背負っているせいだろう。

だが、泳法の流派によっては甲冑《かっちゅう》を身に着けて泳ぐ荒技もあると聞くので、宗太郎はたかが石三つで弱音を吐いていられるかと、根性で手足を動かし続けた。

何度も沈みかけ、流されかけながらも、やがて宗太郎はどうにかこうにか対岸にたどり着くことができた。這いつくばって川岸に上がったあと、しばらくは息が上がって動けなかった。

「はぁはぁ」

肩で息をしながら、背中にたすき掛けにした粽を解《と》いた。

「ミーミー」

「鳴き声がするということは……」

石なら鳴かないので、豆狸に戻っているのかと思った。

「ミーミー」

「いや、ぶち猫に戻っている⁉」

ずぶ濡れの襦袢の袖の中にいたのは、なんと青い目の仔猫たちだった。ぶちの仔猫から焦げ茶色の仔狸になり、さらに物言わぬ石になっていたはずの三つの命が、一周まわってまた仔猫に戻っていたのだ。

「何がなんだか、さっぱりわからん」

ごろっと仰向けに寝転んだ宗太郎だったが、三匹の仔猫の耳に水が入ってはいないかが心配になり、すぐに起き上がった。

「おう、よちよち」

三匹を抱きかかえるなり、つい口を衝《つ》いて出てしまった。

「おう、よしよし」

言い直してから、宗太郎は三匹の身体をこねくり回した。

「ぬ、毛皮が濡れておらんぞ？」

三匹を包んでいた襦袢の袖はずぶ濡れだったのに、三匹のぶちの毛皮はこれっぽっちも濡れてはいなかった。

「どういうことなのだ」

それればかりか、何げなく自分を見てみると、宗太郎の泡雪《あわゆき》の毛皮も濡れてはいなかった。さんざん泳いだはずなのに、ふんどしから水の一滴もしたたっていない。

「なぬ？」

よくよく目を凝らしてみれば、目と鼻の先に、川を泳ぐために脱ぎ捨てた自分の着物が置いてあった。いつもは脱いだらすぐに袴の襞《ひだ》の一筋まできっちり伸ばして畳んでおくのだが、今日に限ってはそんなことをしている暇はなかったので、小袖や袴が二日目の煮っころがしのようにぐずぐずになって散らかっていた。

対岸にたどり着いたつもりが、沈んでは流されを繰り返したため、進む先がわからなくなって元いた川岸に戻ってしまったのかと思った。

「しかし、それがしの毛皮もふんどしも濡れていないというのはおかしい」

川はどうなっているのかと振り返ってみると、

「川が……ない⁉」

どこにも川など流れてはいなかった。宗太郎が立っているのは、床下にしては深く、やたらにだだっ広い場所だった。

「そんな……。それでは、それがしが泳いで渡ったあの川はなんだったのだ」

宗太郎は、あずき色の肉球のある両手を見た。水の温度、抵抗、感触、すべてがこの猫の手にはっきりと残っている。

「あれが……、夢かまぼろしだったとでも？」

奥女中が言っていたことを、宗太郎はふと思い出した。

『豆狸はふぐりを操り、人間にまぼろしを見せることもできるのです』

宗太郎は、豆狸のまぼろしを見せられていたのだろうか。そうだとするならば、では今、宗太郎の足もとでうつらうつらとしている三匹の仔猫たちの正体は、

「ふぐりを着込んで仔猫に化けている豆狸、なのか？」

わからんな、と宗太郎はうなった。

「若殿さま、帰り道はこちらです」

「ぬ？」

声がした方向を見やると、かなり遠くにぽっかりと縁の下が口を開いていた。その向

こうに、お仕着せの長着の褄が見えていた。

「あの者、いつの間に庭へ戻ったのか」

今しがたまで床下にいて、招き猫のように手招きをしていたはずだった。ぶっきらぼうに物騒なことばかり言って、宗太郎をやたらとせっついていた。

奥女中にこのままではお陀仏だともっけなことを言われたから、宗太郎は川を渡ろうと思ったのだ。

「加牟波理入道、ホトトギス」

眉唾とわかってはいても、宗太郎はたまらず唱えた。妖怪の類にたぶらかされてはなるものかと、金色の目を見張って縁の下を見上げた。

「まずは着物を着込むとしよう」

そう言ってから、宗太郎はまた噴き出して笑ってしまった。これが豆狸なら、『ふぐりを着込むとしよう』になるのかと思った。

「ふぐりはさぞや暖かかろう」

ふんどし一丁で奥女中の待つ庭へ戻るわけにはいかないので、宗太郎は手早く脱ぎ散らかした着物を着込んだ。さっきまでずぶ濡れだった襦袢の袖がもう乾いていたので、それで三匹の妖怪をまた粽にして、首に背負った。

「よし、庭へ」

宗太郎は深くて広い床下を、ぽっかりと見えている縁の下へ向かって歩き出した。

首の後ろに、三つの命の温もりを感じながら。


床下から縁の下に近づくにつれ、あれほどだだっ広かったはずの場所がだんだんと狭くなっていった。母屋の根太と床板が低く迫ってきて、宗太郎は立っていられなくなり、四つん這いで前に進んだ。

「ぬぬ、三匹ら、蹴るでないぞ」

首に背負った三匹の妖怪が粽の中で暴れるものだから、生地越しに宗太郎の首に何度も爪が刺さった。

「もう少し、もう少し」

子どもをあやすように言い聞かせ、痛みに耐えながらやっとこ庭に出たとき、宗太郎は大つごもりの晩だというのに真夏ほどに汗をかいていた。

「若殿さま、豆狸は？」

「ふむ、ここにいる」

宗太郎は首に背負った粽を解き、奥女中にぶち猫たちの姿を見せた。

内心、次に粽を開いたときには三匹がまた重い石になっているのではないかと不安だったが、とりあえずは仔猫のままだった。

「この三匹らは、まことに豆狸なのか？」

「そうですよ、狸の妖怪ですとも」

「今はまた仔猫の姿であるのだぞ？」

「妖怪は化けては化かすのが商売ですからね。ああもう、床下で殺しておしまえばよかったのに」

奥女中がまたぶっきらぼうに物騒なことを言いだしたので、宗太郎は眉をひそめた。

「妖怪にも命はある」

「若殿さまは、妖怪のお味方なのですか？」

「とんでもない。できることなら、二度と関わりたくない」

「だったら、殺しちまえばよかったんですよ」

「殺生せずとも、関わらなければよいだけのことである。人には人の、妖怪には妖怪の暮らしがあろう。双方が出会ってしまうから、ややこしいことが起こるのである」

とくに妖怪は、いたずらに人に近づこうとするので、なおややこしい。

「加牟波理入道、ホトトギス」

「なんですか、それ」

「妖怪を見なくなるというまじないの文句である」

「ああ、そんなもの眉唾でございますよ。あたしたちの耳には、蚊の羽音ほどに頼りなく聞こえます」

「あたしたちの？」

「ええ、あたしゃ白闇の耳にはね」

「シロアン？　それは猫股の白闇のことか？」

宗太郎は訊き返したが、奥女中は上がり目を絹糸のように細めて笑うだけだった。

その姿は、猫背の宗太郎よりもよっぽど背筋が伸びていた。

「つまらないねぇ。朴念仁のおさむらいって聞いていたから、退屈しのぎにちょいと遊んでやろうと思ったのにねぇ」

「もしや、そこもとは……猫股なのか！」

奥女中が赤いくちびるでニヤアと笑った。その口の動きから、ニャア、と鳴いたようにも見えた。

「あたしの言うとおりに仔猫を殺しちまえば、おもしろかったのにねぇ。そうしたら、お前さんは猫殺しの下手人だよ」

「猫殺し……！」

「江戸中の猫に恨まれて、死ぬまで、いいや、死んでも、生まれ変わっても、その白猫姿のままだったろうにねぇ」

「ふざけるな、それがしは百の善行を積んで人の姿に戻るのである」

「つまらないねぇ」

つまらない、と言う割りに、奥女中は笑いがこみ上げてならないようだった。ケタケタと笑いだした。

その細い腰の下あたりから、二股に裂けた長いしっぽがのぞいていた。

「やはり、猫股か！」

宗太郎は後ろへ飛び退いて、奥女中から距離を取った。

その拍子に、腕の中の三匹の妖怪が地面に転がり落ちた。

「おおう、失敬。三匹らよ、大丈夫か」

宗太郎は慌てて三匹を拾い上げたが、その姿はまた鼻の長い焦げ茶色の生き物になっていた。

「狸……。三匹ら、豆狸に戻ったのか。それが正体なのか」

ゴーン、と天に冲《ちゅう》するように高らかと鐘が鳴りだした。除夜の鐘だ。

「若造よ」

同時に、ナナカマドの木のある庭のどこかから呼びかけられた。

「ぬ？　その声は白闇か？」

「いかにも」

「どこか」

「ここぞ」

いつもならすぐに姿を見つけられるのだが、今夜は声のするあたりにいくら目を凝らしても、ニヤニヤと笑う黒猫の姿は見当たらなかった。

「その三匹は、ただの狸ぞ」

「ただの狸？　狸の妖怪の豆狸ではないのか？」

「豆狸ならば、もっと酒臭いわい」

「酒臭い？」

宗太郎はくんくんと鼻を鳴らした。あたりはかすかに酒のにおいがしたが、それは広間の酒盛りのにおいのようだった。

「その三匹は庭に放してやるがよいわい。若造が性悪ババアの退屈しのぎから守り切った、価値ある三つの命ぞ」

「ああ？　白闇、誰が性悪ババアだって？」

奥女中が話に割って入ってきた。宗太郎は庭を見て白闇と話していたが、奥女中は母屋の屋根に向かって叫んでいた。

奥女中は一見して若い女の姿をしてはいるものの、今や二股に裂けた長いしっぽばかりか、島田に結った頭からも猫耳が生え、すっかり化けの皮が剝がれていた。もはや隠そうともしていないようだった。

「さては、そこもとは奥女中に化けた猫股か！」

宗太郎は肝が冷えた。雌の化け猫の言うがままに、床下で三つの命を見殺しにしないで心底よかったと胸を撫《な》で下ろした。

「あたしは猫御前《ねこごぜん》、そうさ、猫股さ。お前さんが人のシマであいさつもなしにでかい面をしているもんだから、ちょいと遊んでやったのさ」

「人のシマ……？　では、そこもとが愛宕界隈を仕切る猫股なのか？」

この江戸市中には土地ごとに猫股がいるという話を、宗太郎はかねがね白闇から聞かされていた。

「見くびるんじゃないよ！　愛宕だけじゃないさ、芝の土地一帯があたしのシマさ！」

奥女中改め、猫御前が癇癪を起して言い放った。その剣幕に宗太郎が呆気に取られていると、くっくっくっ、と白闇がどこかで笑った。

「ぞっとしないのう、猫御前よ」

「黙っておいで、白闇」

「若造に狸を殺させて猫殺しの濡れ衣を着せようとは、性悪にもほどがあるわい」

庭か、もしくは母屋の屋根にいるのかと思いきや、ニヤニヤと笑う黒猫はいつしか長い縁側の中ほどで香箱を作っていた。

「若造よ、性悪ババアの退屈しのぎを撥《は》ね除けた褒美に善行三つくれてやろう」

「無用。命を粗末にしないのは当たり前のこと、善行でもなんでもない」

「では、少し早いが年玉に善行三つくれてやろう」

「無用。善行とは、おのれの力で積むもの」

まじないの文句を唱えてでも、妖怪にはできれば関わりたくない。

しかし、まかり間違って関わってしまったからには、逃げも隠れもせずに、とことん付き合ってけじめを付けなければならないのだ。

「それが、もののふのけじめである」

三匹らを半ばで放り出すことなく、とことん面倒を見てやったのも、関わってしまった以上はけじめを付けなければならないと思ったからだ。

「くっくっくっ」

と、また白闇が縁側で笑った。

「聞いたかえ、猫御前」

「ふん、つまらないねぇ」

「若造はそういう裸虫なのよ」

「なんだい、白闇は人間の味方なのかい？」

「関わってしまったからのう。とことん付き合ってやらんとのう」

「ふん、退屈しのぎにもならないねぇ」

吐き捨てて、奥女中が頭から墨をかぶったみたいに黒々とにじんで闇に消えた。

広間から、父と爺《じい》が宗太郎を呼ぶ声が聞こえた。声からして、ふたりはすっかりできあがっているようだった。

いよいよ年が明ける。

「若造よ、よい年を」

「おう、白闇も」

「来年もよろしく頼むぞえ」

「お、おう。いや、あまりよろしく頼まれたくはないが」

「けじめを付けるのであろう？」

「むう、関わってしまったのでな」

黒猫と見せかけて猫の妖怪の猫股である白闇との珍妙な付き合いは、今しばらく続きそうであった。

百八つの除夜の鐘が、愛宕下大名小路に鳴り響く。

加牟波理入道、ホトトギス。

願わくば、来年は百の善行が積めますように。

すごろく

一

「死人《しびと》に、猫を近づけてはなりません。猫が死人の上を横切ると、死人がよみがえってしまうからです」

雪見障子越しに西日が射し込む客間で、日本橋大伝馬町《にほんばしおおでんまちょう》二丁目の太物問屋三升屋《みますや》平左衛門《へいざえもん》が膝に三毛猫の虎助《とらすけ》を抱きながら、声をひそめて言った。

虎助はのんきにあくびをしていた。よく、人のあくびはうつるというが、猫のあくびもうつるようで、虎助を見ていた近山宗太郎《ちかやまそうたろう》はあくびを嚙《か》み殺すのに必死だった。

「猫太郎さま」

平左衛門に呼びかけられて、宗太郎は腿《もも》をつねって神妙な顔になった。

「宗太郎です」

「わたくしも紀代《きよ》の葬儀のときには、虎助を番頭さんに預けて、決して近づけやしませんでしたよ」

「お内儀の……」

平左衛門は年のころなら三十路そこそこの、苦み走った色男だ。太物問屋三升屋の若き主人であり、三日月長屋の地主でもある。江戸の商いでは間口が十間もあれば大店《おおだな》と呼ばれるところ、三升屋の間口は二十間近くあろうかという大店中の大店として知られていた。

はたから見れば、何不自由のない日々を過ごすお大尽に見える平左衛門だが、早くに父親を亡くし、病がちのお内儀にも先立たれ、その死をめぐっては萩《はぎ》の花が咲くころに幽霊騒ぎに見舞われるなど、常に死に付きまとわれ、死に怯《おび》えて暮らしていた。

「人死には悲しいことです」

「いかにも」

「今朝早く、柏屋《かしわや》さんの若旦那が亡くなられたそうです。お労《いたわ》しいことです」

「柏屋？」

「手前どもの斜向かいの、一丁目に店を構える太物問屋です」

大伝馬町は木綿や麻の反物を商う太物問屋が多く集まる一大問屋街で、中でも一丁目は木綿店と呼ばれ、目抜き通りに建ち並ぶ三階建ての表店はいずれも卯建《うだつ》を上げる大店ばかりだった。三升屋は二丁目にあるので正確には木綿店から外れているのだが、通りを一本隔てただけなので、町の人々は三升屋までを木綿店だと解釈していた。

その斜向かいの一丁目に店を構えるということは、柏屋というのも言わずもがなの大店のはずだ。若旦那が亡くなったとなれば、お店の一大事に違いない。

「年明け早々に気の毒なこと」

年が明け、江戸市中に春が来た。三が日は新春の名にふさわしい穏やかな陽気が続いたが、油断大敵、この時期は思いがけず冴《さ》え返ることがある。

一昨日には、江戸市中に大雪が降った。そのせいか、ここ数日の裏長屋は畳に霜が降りているのではないかと思うほど底冷えする日が続いていた。

「寒さは人を弱らせていけませんな。それがしも背中を丸めるばかりで、寒の戻りにはほとほと難儀しています」

「ああ、申し訳ございません。わたくしとしたことが、猫太郎さまに寒さを強いるようなことをしでかしてしまいました。猫は、ことのほか寒さに弱くございますのに」

「それがしは猫ではありませんぞ」

「誰か、火鉢をもっと増やしておくれ」

「いやいや、結構」

宗太郎を取り囲むように、すでに五つの丸火鉢が並べ置かれてあった。

正直なところ、のぼせるくらいに客間は暖かかった。暖かすぎて、じっとしていると上まぶたと下まぶたがくっつきそうになるほどだった。

「火鉢より、炬燵《こたつ》がよろしかったでしょうか？」

貸す、それが猫の手屋宗太郎の仕事だからだ。
そもそも、この日、宗太郎は雪かきをするために三升屋へやって来たのだ。猫の手を貸す、それが猫の手屋宗太郎の仕事だからだ。

それなのに、いざやって来ると、すぐに客間に通された。雪かきはいいので、茶飲み話に付き合ってくれるよう頼まれた。

いつものことである。平左衛門は猫の手が必要なときも、さほど必要でないときも、何かにつけて宗太郎を呼んだ。雪かきや障子紙の貼り替え、蔵の鼠退治《ねずみたいじ》といったもっともらしい依頼で呼ばれるときもあれば、亀の甲羅干しの手伝いなどというわけのわからない依頼で呼ばれるときもあり、いずれの場合も、こうして客間で平左衛門のよもやま話を聞いているうちに日が暮れてしまうのが常だった。

「本日も現猫神《あらねこがみ》さまと有意義なひと時を過ごすことができまして、わたくしは江戸いちの幸せものでございます」

筋金入りの猫好きである平左衛門は、宗太郎のことを現猫神と信じきっていた。いつも死に怯えているせいか、宗太郎を拝むことで七十五日長生きができると思い込んでいるらしいのだが、残念ながら、宗太郎にそんな初物まがいのご利益はない。

「それがしは現猫神にあらず、ただの猫の手屋宗太郎ですぞ」

「はい、猫の手屋猫太郎さま」

宗太郎は長くひんなりとしたしっぽでパタパタと畳を叩《たた》いた。猫がしっぽをせわしなく動かすのは、じれったいときだ。

「それで、猫太郎さま、お話を戻しますけれども」

平左衛門が声をひそめて、身を乗り出した。

「柏屋さんの若旦那、清太《せいた》さんが亡くなったのは暑さ寒さとはなんの因縁もありませんでして、その、自死なすったようなのです」

「自ら命を絶ったということですか？」

「はい。首をくくっていたそうです」

「縊《くび》れて……、何ゆえ、そのように早まったことを……。若旦那と言うからには、まだ年若いのでしょうな」

「そうでございますね、このお正月に二十四になったばかりです」

「二十四……」

宗太郎も、この正月に二十四になったばかりだ。同い年だった。

「死してしまったら、もう何も始まらないというのに」

「ごもっともなことでございます。わたくしは一日でも長く生きたいです。せめて、父の年よりは長く生きたいです」

「生きられましょう」

「はい。猫太郎さまに出会えたおかげでございます」

平左衛門に拝まれて、宗太郎はまた長くひんなりとしたしっぽで畳を叩いた。

庭からは、裸木から雪が滑り落ちる音がしていた。そのたびに、平左衛門の膝の上で丸まっている虎助の耳がピンと立った。

「清太さんはいささか女道楽が過ぎまして、商いにはからっきし見向きもせず、悪所通《あくしょがよ》いに明け暮れる毎日でした。そこで柏屋さんは、百日もの間、清太さんを蔵に閉じ込めることにしたそうです」

「百日も、そんなに長く」

「お灸《きゅう》を据えるためです。お店の行く末を案じた番頭さんの忠言だったそうです」

「ほう、番頭どのが」

悪所とは吉原《よしわら》のことだ。奉公人である番頭が若旦那の所業を諫《いさ》めるとは、よほど目に余る放蕩《ほうとう》ぶりだったことが窺《うかが》い知れる。

「ただ、蔵とは申しましても、わざわざ畳を敷き、炬燵や夜具も持ち込み、手代が付きっ切りで身の回りのお世話を焼いていたそうですから、楽隠居の百日のようなものだったのかもしれません」

「木綿店の蔵ともなれば、それがしの九尺二間よりもはるかに広いのでしょうな。向こう三軒両隣をぶち抜いたほどでありましょうか」

「さぁて、もう少し広いかもしれません。ですけれども、扉には錠前をおろされ、外とのつながりを一切禁じられるわけですから、いくら蔵が広くとも窮屈な心地でいらしたことでしょう。百日もの間、清太さんは日がな一日論語の素読などをしながら、健気に蔵の中で過ごされていたそうです」

「ふむ、目が覚めたのですな」

「柏屋さんもそう思われたようです。心を入れ替えて、これからは商いにもまっとうに精を出してくれるだろうと胸を撫《な》で下ろしておりましたのに」

平左衛門が一旦言葉を区切って、筋張った手を額に運んだ。

「なんと申してよいのやら、清太さんは蔵から出たその日のうちに、さっそく吉原の大門をくぐったというのです」

「なんと」

「後をつけていた手代によって、清太さんはすぐさま柏屋さんへ連れ戻されました。こうとなったら、さらに百日、蔵に閉じ込めようということになったそうです」

「いや、それもどうか。灸は熱くすればよいというものでもないでしょうに」

宗太郎は腕を組み、もっと清太の性根から叩き直す灸はないものかと考えた。

「いっそ、白闇《しろあん》の猫の手を借りて猫の姿にしてみるであるとか」

猫の妖怪、猫股の白闇と出会ったことで、宗太郎は奇妙奇天烈《きてれつ》な白猫姿になった。

この業の深い身で世のため人のため、はたまた猫のために猫の手を貸すようになれば、いやでも浮世の荒波に揉《も》まれることになる。

「四角四面のそれがしが丸くなったように」

ふうむ、と宗太郎は猫背になってうなずいた。

「猫太郎さま」

「はい？」

うっかり返事をしてしまったが、宗太郎は猫太郎ではない。

「清太さんは再び蔵に閉じ込められた翌朝、首をくくったお姿で見つかりました。それが今日未明のことです」

「そうでしたな、すでに亡くなられているのでしたな」

宗太郎は見知らぬ若旦那の冥福を祈り、猫の手を合わせた。

すでに命を絶っていては、猫の姿にしてみるという灸を試すこともできない。死してしまっては何も始まらないというのは、こういうことなのだ。

「甘い柿も、渋い柿も、青いうちは雨風に耐える。熟しきれば自ずと落ちる。命も同じ、いずれ時が来れば自ずと果てる。本来、死とは熟柿のようなものでありましょう」

「まことにおっしゃるとおり、熟柿とは言い得て妙でございますね」

「若旦那は、さらに百日は耐えられないと絶望して縊れたのでしょうか？」

「そうでありましょう。よかれと思ってしたことで、かえって息子を追いつめてしまったと、柏屋さんは涙に沈んでおります」

「痛ましいですな」

自死をめぐっては、逝く者も、遺《のこ》される者も底なしの苦しみを味わうだけだ。誰の魂も救われない。

「さて、猫太郎さま。そういうわけでございまして、今、手前どもの斜向かいに店を構える柏屋さんには死人が眠っております」

「宗太郎ですが、話はそこへ繋《つな》がるのですな」

「死人に、猫を近づけてはなりません。柏屋さんからは、一両日は虎助を外に出してくれるなとのお申し入れがありました」

「それがよろしいでしょう」

「つきましては、猫太郎さまも柏屋さんの店前《たなさき》にはお近づきになられませんよう、何とぞお汲《く》み取りいただけますと幸いにございます」

平左衛門が膝に虎助を抱いたまま、片手で畳に手をついた。

「はて？　それがしは何ゆえ、柏屋に近づいてはならないのでしょう？」

縁がないので近づくつもりもなかったが、平左衛門がわざわざ念を押した意味が今ひとつわからず、宗太郎はおのれの毛深い顔を撫《な》でた。

「それは、猫太郎さまが猫でいらっしゃいますから」

「それがしは猫太郎でも、猫でもありませんぞ」

「ああ、申し訳ございません。猫太郎さまはただの猫ではございませんね、猫神さまでございますね」

「猫神でもありませんぞ」

「柏屋さんは今、猫という猫に気をとがらせております。ご不便をおかけ致しますが、お子に先立たれた親御の悲しみに免じて、お帰りの際には表通りではなく裏通りをお歩きいただけますよう……、何とぞ」

平左衛門は畳に額がつくほど頭を下げていた。膝の上の虎助がつぶれてしまわないかと、宗太郎ははらはらした。

江戸の人々は死の穢《けが》れを恐れる。死人の胸に刃物を置くのは、亡骸《なきがら》に入り込もうとする悪《あ》しきものを断つためとも、光るものを恐れる猫を近寄らせないようにするためとも言われている。

宗太郎は人であって猫ではないので死人の上を横切ったとしても、

「死人がよみがえるわけがない」

翻って、死人をよみがえらせてくれと頼まれたとしても、

「できるわけがない」

然《しか》れども、見た目だけなら限りなく猫に近い姿なので、平左衛門の懸念もわからなくはなかった。

　そう考えると、宗太郎が三升屋へやって来たとき、出迎えの手代や丁稚《でっち》の子どもたちが今日はいつもより慌てた様子で店に入るよう促してきた気がする。宗太郎の限りなく猫に近い姿を、斜向かいの柏屋から隠そうとしていたのかもしれない。

　これも供養のうちか、と宗太郎は納得した。

「承知仕った。柏屋の若旦那どのの死出の旅路が安らかなものになるとよいですな」

　宗太郎は同い年で露と消えた若旦那に、もう一度、猫の手を合わせた。

二

　暮れ六つ（午後六時ごろ）の時の鐘が鳴る少し前に、宗太郎は三升屋の勝手口からひっそりと裏通りに出た。背の高い板塀に挟まれた裏通りは道幅が狭く、日当たりも悪いため、道の両端には雪がかなり高く残っていた。

　結局、この日の宗太郎は三升屋で雪かきに猫の手を貸すことはなく、平左衛門のよもやま話にただ付き合っただけで一日が終わってしまった。

　空は茜色《あかねいろ》に染まっており、間もなく日が暮れようとしていた。

「寒い」

宗太郎がぶるりと震えると、どこからか声がした。

「本当に寒いですよう」

「ぬ?」

宗太郎はあずき色の肉球のある手で編《あ》み笠《がさ》を軽く持ち上げて、裏通りを見回した。

「ああ、そのお顔、やはり猫のお武家さまですよう。猫の手屋猫太郎さまですよう」

「それがしは猫の手屋宗太郎です」

そう答えてはみたものの、宗太郎は裏通りのどこから声が聞こえているのかを見定めることができなかった。若い男の声のようだった。

「わたしはここですよう」

「どこですかな」

「ここですよう」

しきりに声はすれども、裏通りに人影はなかった。

そうかと思えば、出し抜けに雪玉が胸もと目がけて飛んできた。

「うおう」

「ああ、あったかいですよう。雪の上は寒くて死んでしまうかと思いましたよう」

「雪玉がしゃべった?」

「言っても、わたしはもう死んでいるんですけれどもね」

「死んでいる？」

混乱した頭で宗太郎が胸もとをよくよく見れば、雪玉かと思ったものは痩せ細った白猫だった。鼻や肉球は桃色で、目は橙《だいだい》の実のような色をしていた。

「しゃべる猫……」

白猫は爪を立てて、宗太郎の小袖に必死になってしがみついていた。

「……すわ、猫股か！」

宗太郎は右に左に身をよじった。

「離せ、離せ」

「後生ですよう」

「猫股に用はない」

「わたしはあるんですよう。猫太郎さまが三升屋さんに入って行くのをお見かけしたので、昼からずっと待っていたんですよう」

しゃべる猫が必死の形相で、宗太郎の懐へ潜り込んでいった。

「ああ、極楽ですよう」

「出て行け、猫股め」

「猫股ではありませんよう。わたしの名は清太と申しますよう」

「せいた……?」

どこかで聞いた名だ。

「柏屋の清太ですよう」

「柏屋の……、もしや、若旦那ですかな?」

「はいはい」

「何ゆえ、若旦那が猫なんぞに化けているのですかな。いや、その前に、若旦那は今朝がた……」

「はいはい、蔵で首をくくって死んでやりましたよう」

「いやいや、話がさっぱり見えん。猫股につままれたか」

本来なら、人である宗太郎には猫の言葉がわからない。寺社仏閣の結界の中で行われている猫の祭りでしか、猫と会話ができないのだ。

ただし、猫の妖怪である猫股は人語を操る。

「やはり猫股のちょっかいか」

加牟波理入道、ホトトギス。

大つごもりの晩に唱えたまじないの文句は、ほとほと眉唾であるようだ。いやもう、わかっていたことではあるのだが。

宗太郎が用心していると、清太と名乗る白猫が懐で大あくびをした。

「ああ、ようやく生きた心地を取り戻しましたよう。言っても、わたしはもう死んでいるんですけれどもね」

「亡くなっているのなら、真の極楽へ旅立ちなされ」

「猫太郎さまの懐こそ、極楽でございますよう」

「宗太郎です。それがしの懐は田楽《でんがく》のためのものです」

夏の終わりのわずかの間、宗太郎はこの懐で錆《さ》び色《いろ》の仔猫《こねこ》を育てていた。

白猫は痩せ細ってはいるものの、田楽よりもずっと重く、身体も大きかった。丸まった姿は鏡餅のようだった。

「この寒い中に立ち話もなんですから、どうぞ猫太郎さまのお屋敷へわたしを連れ帰ってくださいましよう」

「宗太郎です。何ゆえ、それがしがそこもとを連れ帰らねばならないのですかな」

「三升屋さんから聞かせてもらったことがあるんですよう。三光稲荷《さんこういなり》には、困りごとに猫の手を貸してくださる猫神さまがいるんですって」

「それがしは三光稲荷並びの三日月長屋からやって来ただけで、三光稲荷の猫神ではありませんぞ」

「猫の手屋猫太郎さまは、よろず請け負い稼業ではないんですか？」

「猫の手屋宗太郎です。よろず請け負い稼業です」

「それでしたら、お頼み申しますよう。わたしに猫の手をお貸しくださいましよう」

「猫の……手を？」

猫に、または猫股に猫の手を貸すというのも珍妙な話だ。

「成仏したいのであれば、寺の和尚《おしょう》に頼まれよ」

「わたしは成仏なんてしたくないんですよう」

「成仏したくない？　この世に未練でも？」

「よくぞ訊《き》いてくださいましたよう。長い話になりますよう」

「長い話なら結構です。そこもとを柏屋さんまで送り届けるとしましょう」

「嫌ですよう。柏屋へ戻るのだけは死んでもご勘弁ですよう」

白猫が、ますます懐の奥へと潜っていった。

「言っても、わたしはもう死んでいるんですけれどもね」

清太は何度も『もう死んでいる』と言い張るが、宗太郎の懐に潜り込んだ白猫は息もしているし、体温もあった。

「手短にお話ししますよう」

と、清太が懐奥深くで、また大あくびをした。

「今朝がた、わたしがとうとう蔵で首をくくって死んでやったのに、どこからよじ登ったのか、こやつが明かり窓にひょっこり姿を現したんですよう」

「こやつ？」

「この白猫ですよう」

「この白猫は、柏屋さんの飼い猫だったのですか？」

「いえいえ、通りすがりの野良猫ですよう。こやつに身体の上を横切られ、亡骸に入り込まれでもしたら一大事、死ぬに死ねずによみがえってしまいますよう」

「それで？」

「やられる前に、やってやりましたよう」

「まさか……」

「わたしが先に、こやつの身体に入り込んでやったんですよう」

「……白猫を殺したのですか！」

「殺すなんておっかない。白猫の魂は今、わたしが抱いておりますよう」

「魂を、抱いて？」

どういう状態なのかと、宗太郎はますます混乱した。

「この白猫の身体に、わたしと白猫のふたつの魂が入っているんですよう」

「それは聞くからに狭そうな」

狭いかどうかはどうでもいいことだったが、混乱のあまり、宗太郎はつまらないことを口走ってしまった。

「わたしは白猫になって、もう一度やり直すんですよう」

「やり直すとは何を？」

「何とぞ、猫の手を……」

猫のさだめで身体が温まってきたら眠くなったのか、清太がしゃべりながら橙の実のような目をしばしばとさせだした。

「猫の手を……、お貸し……まし……」

そして、すう、と言葉尻が寝息に消えた。

「おおう、話の途中で寝てしまったか」

宗太郎は懐で眠る白猫を見つめ、しばし茫然《ぼうぜん》と立ち尽くした。

これは猫股による新手のいたずらなのか、それとも、この白猫は本当に柏屋の若旦那なのか、すぐには判断しかねた。

「柏屋で何が起きているのであろう」

宗太郎は振り返って、柏屋のある表通りを見つめた。

柏屋に清太を送り届けるなら、眠っている今のうちだ。清太と言っても姿は白猫で、白猫と言っても中身は清太で、

「ええい、ややこしい」

こんな話、柏屋は信じてくれるであろうか。

清太は柏屋に戻るのだけは死んでもご勘弁と言っていた。その上で、猫の手屋の猫の手を借りたいとも言っていた。

「ええい、ままよ」

宗太郎は懐で眠る白猫に手を添えて、歩き出した。猫股とも、人ともわからないが、関わってしまったからにはとことん付き合わなければならないと思った。

「猫の手屋としても、もののふとしても、逃げも隠れもできんからな」

柏屋のある表通りへ向かって、ではなく、雪の残る裏通りを日本橋長谷川町《はせがわちょう》の三日月長屋へ向かって、宗太郎は覚悟を決めて歩を速めるのだった。

「おやおや、この狭っ苦しい座敷は行灯《あんどん》部屋か布団部屋ですか？」

「それがしが間借りしている九尺二間です」

「こんな狭っ苦しい座敷を間借りして、何が楽しいんですか？」

「楽しいも楽しくないも、裏長屋とはこういうところです」

「ええっ、わたしが閉じ込められていた蔵のほうがうんと広いですよう」

三日月長屋にやって来たしゃべる鏡餅、いや、しゃべる白猫は無礼極まりないことを言いながら狭っ苦しい四畳半をてけてけと一周した。

「あっという間に一周できてしまいました」

「そうでしょうな」

宗太郎は土間を背にしてあぐらをかき、長くひんなりとしたしっぽでパタパタと畳を叩いた。平左衛門といい、清太といい、お大尽は他人を苛立《いらだ》たせる名人が多いようだ。

「さて、猫旦那どの」

「清太ですよう」

「これまでの話をすべて真受けにするわけではありませんが、そこもとが柏屋の若旦那であることはわかりました」

「ああ、わかってくだすってよかったですよう」

「しかし、若旦那は今朝がた蔵で縊れて自ら命を絶っている。つまり、そこもとは幽霊ということでよろしいですかな？」

「あれま、わたしは幽霊になったんですね」

「気づいていなかったのですかな」

「足があるもので、四本も」

江戸の幽霊絵は足が描かれていないものが多いため、幽霊というと足がないと思われがちだが、宗太郎がこれまでに出会った幽霊には押しなべて足があった。

「幽霊が、白猫にとり憑《つ》いているということでよろしいですかな？」

「そこは拝借と言ってくださいよう。あの、それよりも」

と、清太が鼻をくんくん鳴らした。

「猫太郎さま、この生臭くておいしそうなにおいはなんですか？」

「宗太郎です。行灯《あんどん》の魚油のにおいですな。並ひととおりの人に言わせると臭くてかなわないにおいだそうですぞ」

「へぇ。猫の姿のせいか、わたしにはおいしそうに感じますよう」

「実は、それがしも」

と言いかけて、それがしは人であったと宗太郎は首を振った。

裏長屋では行灯の灯《ともしあぶら》油に鰯《いわし》から作られる安価な魚油が使われているが、生臭くて煙が出るのが難点だった。高価な菜種油は庶民には手の出ないものなのだ。

柏屋ほどの大店ならば、より高級な蠟燭《ろうそく》を使っているだろうから、清太が魚油を知らないのも道理だった。

清太がもう一度、鼻をくんくん鳴らした。

「あれあれ、ご近所さんからも何やらおいしそうなにおいがしますね」

「夕餉《ゆうげ》どきですからな」

「では、こちらも夕餉にしませんか？　わたし、首をくってから何も食べていないんですよう」

「幽霊も腹が減るのですか？」

「白猫の腹が減ると、わたしも腹が減るんですよう。白猫が寒がると、わたしも寒いんですよう」

「面倒なことですな」

「おいしいものを腹いっぱい食べたいですよう」

霞《かすみ》でも食っておけ、と宗太郎は内心で毒づいたものの、しょうがないので縄暖簾《なわのれん》なん八屋つるかめで煮物や和え物《あえもの》などを調達することにした。

「おやおや、この煮物は大根しか入っていないようですけれども？」

「風呂吹き大根とは、そういうものです」

「ええっ、それはあまりにも大根にひどい仕打ちですよう。この季節なら、大根にはブリを合わせるのが礼儀でしょうよう」

どこの礼儀か、と宗太郎は再び内心で毒づいた。

「猫の分際でブリとは贅沢《ぜいたく》ですぞ」

「わたしは猫ではありませんよう。見た目は猫ですが、中身は人っ子ですよう」

「むむ」

いつもおのれが言い続けている台詞《せりふ》だったので、宗太郎は鼻白んだ。

「ああ、人っ子でもないんでしたよう。中身は幽霊ですよう」

「して、猫旦那どの」

「清太ですよう」

「猫の手屋の、それがしの猫の手を借りたいとのことですが、自ら命を絶っておきながら、この世にどのような未練があるので？」

「それそれ、萩尾《はぎお》ですよう」

「おはぎ？」

「いえいえ、は、ぎ、お、万丸屋《まんまるや》の花魁《おいらん》ですよう」

「花魁……」

宗太郎は清太を白い目で見た。

「そこもとは吉原での遊蕩を親御どのや番頭どのに諫められて、百日もの間、蔵に閉じ込められていたのでは？」

「はいはい」

「百日では、女道楽は断ち切れなかったようですな」

「こちとら遊びじゃないんですよう、当たり前ですよう」

「女道楽は遊びでありましょう」

「それそれ、そうやって口酸っぱく言われましたから、わたしも一念発起したわけですよう。死んで見返してやろうってね」

「何ゆえ、そこで死んで見返すことを選びましたかな」

一念発起と言うからには、まっとうになって見返すことを選ぶべきだった。

「生きていたら、この先もずっと口酸っぱく言われ続けるんですよう」

「女道楽を断ち切り、商いに精を出せばよいのです」

「商いなんて、働くなんてくたびれ儲《もう》けなこと、死んでもご勘弁ですよう」

「なんともはや」

清太の甘えったれた駄々に、宗太郎はあきれてものが言えなかった。同い年のはずだが、頑是ない子どもと話をしているようだった。

「死ぬのだって疲れるんですよう。何せ蔵の外に出られませんから、橋の上から川へざぶんと飛び込むわけにもいきませんし、痛かったり、熱かったり、苦しかったりするのはもってのほか、眠るように死ぬにはどうしたらいいかと悩みに悩んでいるうちに、はじめの百日があっという間に過ぎてしまいましたよう」

「論語の素読などをしていたのでは？」

「しているフリはしていましたよう」

ちょこざいな、と宗太郎は三たび内心で毒づいた。

「それで運よく蔵の外に出られたんで、今のうちに萩尾とこれからのことを話し合っておこうとしたら、ああもう、悔しいったらないですよう。力自慢の手代に、首根っこつかまれて柏屋まで連れ戻されたんですよう」

　いつの間にか風呂吹き大根をきれいに平らげていた清太が、長火鉢の猫板の上で使い古しの筆先のようなしっぽをパタパタと動かした。

「さすがのわたしも腹を立てましたよう」

「お門違いも甚《はなは》だしいですな」

「萩尾が露玉の涙で袖を濡《ぬ》らして、わたしが通ってくるのを待っているんですよう」

「親御どのこそ、泣いていましょうぞ」

「萩尾はわたしに起請文《きしょうもん》を書いてくれているんですよう」

「起請文を？」

「おやおや、猫太郎さまは吉原の流行《はや》りをご存じないので？」

「ぬっ」

　宗太郎はしっぽりと濡れた鼻を舌先でペロリと舐《な》めた。気を落ち着かせたいときに出るこの癖は、人だったころにはなかったものだ。

　起請文は神仏へ誓いを立てるための誓書だ。それが何ゆえ吉原で流行っているのか、宗太郎には意味がわからなかった。

「わたしは萩尾と夫婦になる約束を交わしているんですよう。ですから、ことによっては心中《しんじゅう》の段取りなどもしておきたかったのに」

「今なんと……！」

清太の浅薄な話を誰かに聞かれてはいまいかと心配になり、宗太郎は腰高障子を振り返った。幸いにも、ちょうど夕餉どきの三日月長屋はいい具合に騒々しかった。

「滅多なことは申されますな。ご公儀は相対死《あいたいじに》を禁じておりますぞ」

「野暮をおっしゃいますよう。禁じられた心中立てを成し遂げてこその来世ではありませんか」

「愚かなこと……！」

「わたしは死から始まる幸せを信じているんですよう」

人形浄瑠璃や芝居で実話を元にした心中物がたびたび演じられたことがあり、かつて江戸や上方の遊廓で男女の情死が大流行したことがあった。来世で結ばれることを願って、あるいは愛の証《あかし》として、互いの命を賭す情死は決して美化されるものではなく、公儀は心中立てを〝相対死〟と呼んで厳罰に処していた。

「死は死であり、始まりではなく、終わりなのですぞ」

「どうして、言い切れるんですか？　猫太郎さまは死んだことがあるんですか？」

「むむ」

「死んだわたしが言うんですから、死から始まる幸せがあるに決まっていますよう」

「むむむ」

宗太郎です、と言い直すことも忘れて、宗太郎は松葉に似たひげをたくわえる口をへの字に引き結んだ。

「わたしはもう一度、人生の双六《すごろく》をやり直すんですよう」

人の一生は双六などではありませんぞ、と宗太郎は心で叫んでいた。

「そのためには、猫の手屋猫太郎さまの猫の手をお貸しいただきたいんですよう。後生ですから、わたしを万丸屋の萩尾のところへ連れて行ってくださいましよう」

「宗太郎です。ご自分で行かれてはどうですかな。幽霊であっても足はありますし、通い慣れた道中でしょう」

「浅草《あさくさ》田んぼまでなんて、遠くて歩いては行かれませんよう。いつも柳橋《やなぎばし》から、ちょき、でしたから」

「それがしは猪牙舟《ちょきぶね》代わりというわけですかな」

「同じ白猫姿として、お頼み申しますよう」

「それがしは白猫姿ですが、中身は人です」

「幽霊ではないんですか？」

「幽霊ではありません」

「化け猫ですか？」

「化け猫でもありません」

不毛な応酬に、宗太郎は話を元に戻した。

「人生の双六をやり直すと言いますが、猫旦那どのは吉原の花魁のところへ行って何をするおつもりなのですかな？」

「清太ですよう。わたしは今度こそ、萩尾と幸せに暮らすんですよう」

「暮らす？　成仏せずに幽霊のままで？」

「わたしは今、運よく猫ですので、働かずに暮らしていけますよう」

「何が運のよいものか、働く猫もおりますぞ」

「猫太郎さまのように？」

「宗太郎です。猫のなかには、手に職のある職猫もおりますぞ」

宗太郎は人であって猫ではないのだが、清太の舐《な》めた物言いに向っ腹が立ったので、ついむきになって猫を庇《かば》ってしまった。

「わたしは手に職もないので、しゃべる白猫のままで萩尾に飼ってもらいますよう」

「これまたとんちきなことを考えますな」

「吉原というところは、どういうわけか猫が多いんですよう。花魁に飼われている猫もあちこちで見かけますとも」

そう言われれば、白闇も前に吉原について同じようなことを言っていた。

『罰当たりなほど残飯の出る廓《くるわ》の中は猫にとっては極楽だわい』

吉原の裏手にある鷲大明神《おおとりだいみょうじん》の猫の祭りは、江戸きってのにぎわいだそうだ。

『遊女たちにとっては、廓の中は地獄だがのう』

そうとも言っていた。

吉原の女たちは籠《かご》の鳥、ぐるりを高い塀と鉄漿溝《おはぐろどぶ》に囲まれた遊廓で辛《つら》い苦界《くがい》を送っている。萩尾も地獄に沈んでいるのかと思ったら、宗太郎の心がわずかに傾《かし》いだ。

「猫を飼うことは、花魁の心の慰めになるのですかな？」

「話し相手にはなれると思いますよう」

「では、猫旦那どのはおのれが柏屋の若旦那であることや、今は幽霊となって白猫の身体を拝借していることを、花魁に打ち明けるので？」

「清太ですよう。そのつもりですよう」

「猫股ではあるまいし、ふつうならば猫はしゃべりませんぞ」

「猫太郎さまはしゃべっているじゃありませんか」

「宗太郎です。それがしは猫ではないからです」

「猫股なんですか？」

「猫股でもないです」

また不毛な応酬になったので、宗太郎は話を元に戻した。

「花魁は、かようにとんちきな話を真受けにしますかな」

「しますとも。姿かたちがどれほど変わっていようとも、萩尾ならひと目でわたしがわかるはずですよう。夫婦になると誓い合った仲ですもの」

「夫婦になる……ということは、そういうことなのですか？」

「そういうことなのですよう」

そう言い切られてしまうと、宗太郎ももう引き下がるしかなかった。

宗太郎にも、夫婦となる約束を交わした許嫁《いいなずけ》がいる。奇妙奇天烈な白猫姿になってしまってからは文でしかやり取りをしていないので、心細い日々を過ごさせているのではないかと思うと胸が痛んだ。

「お琴《こと》どのも、それがしの姿かたちがどれほど変わっていようとも、ひと目で見抜けるのであろうか」

お琴は大身《たいしん》旗本の姫君でありながら、ひょんなことから町娘に扮《ふん》して猫の手屋に琴の手を貸してくれたこともあった。

「たまさかにも、おのれの正体が見抜かれているとは思いたくはないものであるな」

宗太郎は一抹の不安を頭の隅へ押しやって、猫板の上で丸まる清太を見た。

かつての宗太郎なら、道理を通して無理は通さなかった。それが裏長屋で暮らすようになってからは、あちこちから無理を言われて、押し切られてばかりだ。

「無理が通れば道理が引っ込むと言うが」

無理なことに猫の手を貸してこその善行ひとつ、それこそが猫の手屋なのではないかとさえ今では思うようになっていた。

「それがしは猫の手屋として、そこもとを吉原まで送り届ければいいのですかな」

「ああ、おありがとうございます。さすがは音に聞こえた猫の手屋猫太郎さま、猫の手をお貸しいただけるのですね」

「宗太郎です。これは猫旦那へ猫の手を貸すのではありませんぞ。苦界を送っている花魁に猫の手を貸すのです」

それに、清太が抱いているという白猫の魂も気になった。できることなら清太の甘えったれた未練を断ち切り、成仏させて、白猫に身体を返してやりたいと思った。

清太のため、花魁のため、白猫のため。

ひいては、おのれのため。

「猫の手屋はよろず請け負い稼業ならぬ、よろずお節介焼き稼業なのである」

おのれを説き伏せ、宗太郎は清太の愚計に乗っかることにしたのだった。

三

さて、ここで悩ましい問題がひとつ。

宗太郎は底抜けに野暮天であった。清太を万丸屋の萩尾のところへ送り届けるだけなのに、早三日二の足を踏んでいた。

何しろ、宗太郎は吉原へ行ったことがない。

「吉原への行き方は知っている」

浅草の観音さまとして知られる金龍山浅草寺《きんりゅうさんせんそうじ》を越えたのち、山谷堀《さんやぼり》から日本堤《にほんづつみ》を北上すればいい。粋人いわく〝通い慣れたる土手八丁〟のとおり、日本堤を八丁ほど行くと、左手に柳の木が三株見えてくる。俗に見返り柳と呼ばれるもので、吉原帰りの客がここで遊廓を見返ることからその名が付いた。

この見返り柳から衣紋坂《えもんざか》を下れば、吉原唯一の出入り口である大門へたどり着く。坂の名は、遊廓へ向かう客がこの辺りで衣紋をなおしたことに由来するそうだ。

「大門をくぐれば、吉原である」

問題はここからだ。石部金吉《いしべきんきち》に金兜《かなかぶと》が付いた宗太郎にしてみれば、廓内は異国にも等しい土地だった。

「吉原には吉原の作法しきたりがあるのであろう」

清太に案内を乞《こ》えばいいのだろうが、それもなんだか癪《しゃく》な気がした。同い年とは言っても、かたや四角四面の宗太郎、かたや気散じ者の清太、ふたりはこれまで背中合わせの生き方を送ってきたのだ。

「同じ白猫姿になっても、背中合わせよ」

　宗太郎は人に戻るために猫の手屋を切り盛りしながら百の善行を積んでいるが、清太は働くなんてくたびれ儲けなことをしたくないがために猫のままでいると言う。

「まったくもって、あべこべである」

　ふうむ、と宗太郎が大息をこぼしていると、ふが、と枕屏風《まくらびょうぶ》の後ろに畳んである夜具の上からも吐息が聞こえた。

　のぞき込んでみれば、今しがたまでお八つの焼き芋にがっついていた清太が、ふがふがと鼻を鳴らして眠りこけていた。

「いびき……とな」

　三日月長屋に来てからの清太は、宗太郎が町内の雑事に猫の手を貸すために駆け回っている間も、『寒いですよう』『お腹が空《す》きましたよう』と大騒ぎするだけで一歩たりとも外に出ようとはしなかった。一日のほとんどを寝て過ごしているようだった。

「猫とはのんきな生き物よ」

　先日、清太が言っていた。

『わたしは今、運よく猫ですので、働かずに暮らしていけますよう』

　あのときは、その舐めた物言いに向っ腹を立てた宗太郎だったが、確かに猫には働かずして暮らしていくだけの気ままさがあった。

「いや、したたかさと言うべきかもしれんな」

ふうむ、と宗太郎は本日数十回目の大息をこぼして立ち上がった。

今日は昼過ぎまで鼠退治などのこまごまとした仕事が入っていたが、このあとはなんの予定もなかった。このまま三日月長屋にいると、清太に『早く萩尾のところへ連れて行ってくださいよう』とうるさくせがまれそうだったので、宗太郎は鼠除けの猫絵をもらいに歌川国芳《うたがわくによし》の画室へでも行ってこようと思った。

ところが、土間へ立ったと同時に腰高障子が勝手に開いた。

「ごきげんよう、猫先生」

「ぬ」

「あれ、猫先生、お出かけですか?」

にょいと現れたのは、職人がノミで削ったような切れ長の目に、絵師が面相筆で描いたような鼻筋の色男だった。

「ぬう、雁弥《かりや》か」

浅草猿若町《さるわかちょう》の大部屋役者である、中村《なかむら》雁弥だ。

「はい、どうも。いつも色男ですみません」

「また、それか。そういうところが、そこもとの鼻持ちならんところなのだ」

「そう言われましても、色男は色男ですから」

冷たい風に当たったせいか、色白の雁弥の鼻の頭だけが赤くなっていた。

「そこもと、今日はねこう院の格好ではないのだな」

雁弥は粋な紺地の小袖に、長羽織を羽織っていた。

「唐桟《とうざん》か」

「ええ、晴れ着です」

役者というより、いいところの若旦那に見える出で立ちだ。日ごろの雁弥は役者でありながら、暇を見つけては猫の目鬘《めかづら》を付けた托鉢僧《たくはつそう》になりすまして小銭を稼ぐ不届き者でもあった。

いわく、にゃんまみ陀仏《だぶつ》にゃごにゃごにゃごにゃご。

「今日は紅政《べにまさ》さんのところへ買い物に来たんです。小正月からの新春《はつはる》狂言が始まる前に、紅やら白粉《おしろい》やらを買い足しておこうと思って。ついでに、猫先生に新年のごあいさつをするために立ち寄らせてもらいました」

紅政こと、紅屋政兵衛《べにやせいべえ》は長谷川町きっての犬好きであり、長谷川町いち羽振りのいい表店でもあった。紅屋では紅の卸しや小売りのほかに化粧のための品々も扱っているので、雁弥のような役者の常客も多かった。

「それがしは猫先生ではないが、紅政のご隠居のところの阿国《おくに》と大丸《だいまる》の二匹は達者であったか？」

「ええ、猫先生によろしくと言っていましたよ」

「犬がか？」

「いえ、ご隠居が」

「紛らわしい」

宗太郎は、この〝江戸三座の役者〟に妙に懐かれていた。

雁弥は野分のような男だ。いつもふらりと現れては、宗太郎を振り回すだけ振り回してひらりと去っていく。年明け早々、また厄介事に巻き込まれても面倒なので、宗太郎はあいさつもそこそこに雁弥を追い返そうとした。

「それがしは今、取り込み中なのである」

そう言って腰高障子を閉めかけたが、

「そういえば」

と、銭洗湯で父が言っていたことを思い出して雁弥に顔を近づけてみた。

「えっ、えっ」

「ふむ、さすがは父上である」

役者の雁弥からは髪油の花の露の香りにまじって、白粉のにおいがした。

「なんです？　なんなんです？」

「ところで、物のついでに訊くが、雁弥は吉原へ行ったことがあるか？」

「えっ」

「吉原で花魁に会ったことはあるか？」

「えっ、えっ、ちょいとお待ちを」

雁弥が宗太郎の肩を押して土間に入り込み、後ろ手で腰高障子をぴっちりと閉めた。

「吉原で花魁と遊んでみたいですって？」

「遊んでみたいとは言っていない」

「いっぺん落ち着きましょう。猫先生の口から吉原やら、花魁やらの言葉が出るなんて、長屋のみなさんが聞いたらひっくり返りますって」

早合点した様子の雁弥がずかずかと四畳半に上がり込んだ。

「はい、ほら、猫先生。ここに座って」

「猫先生ではない。言われなくても座るとも、ここはそれがしの長屋であるぞ」

宗太郎があぐらをかいたところで、枕屛風の後ろから声がした。

「猫太郎さま、何ごとですか。騒がしくて起きてしまいましたよう」

清太が畳んだ夜具の上からのそのそと起きだして、長火鉢の猫板の上に飛び乗った。

「あれま、猫太郎さまにお客人でしたか。これはまた、ずいぶんと色男さんがいらっしゃいますよう」

「ふふ、よく言われます。あなたさんの白い毛皮も湯豆腐みたいで乙ですね」

「おありがとうございます。色男さんはしゃべる猫を見ても驚かないのですね」

「猫先生で見慣れていますし、聞きなれてもいますから。ああ、わたしは猫先生とはねんごろの中村雁弥と申します。浅草猿若町の芝居町で役者をしています」

「あれま、色男さんは役者さんでしたか」

清太と雁弥がごくふつうに会話を交わしだしたので、宗太郎は両手を振って話の腰を折った。

「そこもとら、待たれよ」

「猫先生、こちらの白猫さんはお弟子さんですか？　住み込みで、人に化ける修行をしているんですか？」

「それがしは猫先生ではないので、弟子などおらん。こちらは木綿問屋柏屋の若旦那で、今は訳あって猫旦那どのである」

宗太郎が雁弥に紹介すると、清太が目を細めてしばたたいた。

「清太ですよう」

猫が目をしばたたくのは、あいさつの代わりである。

「あれ……。柏屋さんって大伝馬町の木綿店の、あの柏屋さんですか？」

「その柏屋である」

「でも……。柏屋さんの若旦那さんなら、つい先日、流行り病でぽっくり亡くなったって聞きましたよ」

「雁弥は相変わらず耳が早いな」

しかし、清太は流行り病で命を落としたわけではない。

どうやら、柏屋ほどの大店の若旦那が自死したとあっては聞こえが悪いので、世間的には清太は流行り病でぽっくり亡くなったことになっているようだった。

「亡くなってすぐに、若旦那から猫に生まれ変わったんですか？」

「いや、猫旦那どのは生まれ変わる以前に成仏していないのだ」

そのあたりの真相をどう打ち明けたものかと宗太郎が逡巡《しゅんじゅん》していると、当の清太があっけらかんと語りだした。

「わたしは流行り病なんかじゃなく、首をくくって死んでやったんですよう」

「へぇ、首を……、えっ、それって自ら命を絶ったっていうことですか⁉」

「はいはい」

「はいはいって」

雁弥は仰天したのも束の間、役者だけあって、すぐに神妙な面持ちになった。

「柏屋さんほどの大店の若旦那さんが、なんでまたそんなお労しいことになったんです？　お話を聞かせてもらってもいいですか？」

「よくぞ訊いてくれましたよう」

それから四半刻の間、調子のいい雁弥は清太の話に大きくうなずいたり、驚いてみせたり、ときに目頭を押さえる仕草を交えながら熱心に耳を傾けていた。

宗太郎は『甘えったれめ』と横から何度も口を挟みたくなったが、そのつど、雁弥から黙っていろとばかりにしっぽを引っ張られた。

「かくかくしかじかというわけなんですよう」

「なるほど……。柏屋さんでそんなことがあったなんて、ご愁傷さまです。では、猫旦那さんは幽霊なんですね？」

「清太ですよう。そういうことのようですよう」

「幽霊が白猫にとり憑いているわけですね？」

「いいえ、とり憑くなんて滅相もありませんよう」

どこかで聞いたようなやり取りになってきたので、宗太郎は話に割って入った。

「猫旦那どのが言うには、白猫の身体を拝借しているだけらしい」

「物は言いようですね。それで、そのしゃべる白猫のまま吉原で暮らすって？」

「人生の双六をやり直したいそうである」

「人生の双六って、下手な戯作より波瀾万丈《はらんばんじょう》なことになっているじゃありませんか」

雁弥はこの状況になんの疑問を持つことなく、大いに与太話に食いついていた。

「それで話はふりだしに戻るが、雁弥は吉原の万丸屋に行ったことがあるか？」

「大店の若旦那が通うような妓楼に、大部屋役者のわたしが通えると思います？」

「それもそうか」

宗太郎はアテが外れて肩を落としたが、猫板の上で丸まる清太はどこ吹く風でむにゃむにゃと言いだした。

「早く萩尾に会いたいですよう……、早く……」

今さっきまで雁弥相手にぺらぺらとしゃべっていたのに、その声はもう寝息まじりのものだった。猫は、とにかく寝るのが仕事だ。

「ねぇ、猫先生。猫旦那さんって、ちょいと甘えったれだと思いません？」

清太が寝入ったのを確認してから、雁弥が切り出した。

「しゃべる白猫のままで、本当に人生の双六をやり直せると思います？」

「思えんな。できることなら成仏してもらいたいものであるが」

「ですよね。だいたい、吉原で暮らしたいのは猫旦那さんだけで、花魁のほうはどう思っているかわからないですし」

「夫婦になる約束を交わしていると言っていたぞ。起請文もあるらしい」

「猫先生、ご自分の鼻を触ったことあります？」

「なぬ？」

急に話が飛んだので、宗太郎はきょとんとした。

その鼻を、雁弥が女のように細い指でツンと突いた。

「ああ、冷たい」

「猫の鼻とは、夏も冬も春が来ても冷たいものである」

それがしは猫ではないがな、と宗太郎は付け足して言った。

「そういうことです」

「何が？」

「猫の鼻と花魁はいつだって冷たいんです。花魁の書く起請文ほどアテにならないものはないんです」

「そうなのか？　起請文は吉原の流行りと聞いたぞ」

ぼんくらな宗太郎に、雁弥が声をひそめて種明かしをしてくれた。

「流行りというか、手練手管ってやつですよ。花魁が客を喜ばせるために『ぬしさんと末は夫婦になるなんし』って、熊野の神使のカラスが描かれた牛王宝印の裏に一筆したためるんですよ。それで薬指の爪の下をちょいと切って、自分の名とカラスの目のところに血をつければ、熊野権現《くまのごんげん》に真実の愛を誓ったことになるんですって」

「ほほう」

「この起請文の誓いを一枚破ると、熊野のカラスが三羽死ぬらしいです」

「なんと」

「ですけど、花魁は七十五枚までは破ってもいいんだそうです」

「よいのか！」

絶句する宗太郎に、雁弥が追い打ちをかける。

「ほかには〝指切り〟なんてのもありますよ。花魁が誠意を見せるために、自分の小指に剃刀《かみそり》を立てて、鉄瓶で叩いて切り落とすんです。それでもって、落とした小指を真実の愛の証として客に渡すんです」

「なんと」

「むかしの吉原には、剃刀や血止め薬、銀箔《ぎんぱく》、香箱《こうばこ》と指切り道具をまとめて売る店があったそうですよ」

「銀箔や金箔は傷口に貼ると膿《う》まないとは聞くが、さぞや痛かろう」

宗太郎はあずき色の肉球のある両手をぐっと握り、自分の小指を隠した。

「気を失うくらい痛いそうですよ」

「話を聞いているだけで小指がじんとする」

「ですからね、近ごろの吉原には腕のいいしんい粉細工の職人がいて、花魁はしん粉で作った小指を香箱に入れて、しれっと客に渡すんですって」

「それでよいのか！」

「ね、アテにならないでしょう？」

しん粉とはうるち米を臼で挽いてできる粉のことで、これを水でこねて蒸したものに色を混ぜ、草花や鳥獣の形に作り上げたものをしん粉細工と言った。食べるものというよりは、子どもの弄玩《ろうがん》として売られていた。

「吉原というところは、そんな子ども騙《だま》しがまかり通るのか」

「それに腹を立てるような客は野暮ってなもんです」

こういう恋の駆け引きを楽しむのが吉原というところなのかもしれないが、それがしにはやはり一生縁のない場所である、と宗太郎はつくづく思った。

「花魁の手練手管っていうのは、客を繋ぎとめるための心得ですからね。廓の中で泥水すすって生きている人間にしてみれば、客はひとりでも多く抱えておきたいわけですよ。それが大店の若旦那のような太っ腹の客ならなおのこと、カラスが何羽死のうと何枚でも起請文を書くでしょうね」

「そういうものなのか」

「そういうものなので、もはや客でもなければ若旦那でもない、ただの穀潰《ごくつぶ》しの幽霊がとり憑いたしゃべる白猫が現れたところで、花魁が喜ぶとは思えないんですけど」

雁弥は齢《よわい》十八で宗太郎よりも年下だが、いやに訳知りだった。

宗太郎は腕を組んで、猫板の上で香箱を作っている清太を見やった。

「穀潰しの幽霊がとり憑いたしゃべる白猫……か」

この数日の清太は、まさしくそのとおりだった。

「吉原へ向かうより、霊験あらたかな和尚をさがして成仏を願うべきなのであろうか」

「いえ、まずは吉原でしょう。猫旦那さんは花魁に会わないことには未練を断ち切れないでしょうから、花魁に涙のひと粒でも流してもらって、成仏するようにやさしく言い諭してもらうっていうのはどうですかね」

「露玉の涙というやつであるな」

「花魁はわたしなんかより、よっぽど役者ですからね」

「役者より役者であるのか」

「そうと決まれば、さっそく吉原へ向かいませんか？　今日はもう猿若町へ帰るだけなんで、わたしも足を延ばして吉原までお付き合いしますよ」

雁弥の同行は、宗太郎にとっては渡りに船の申し入れだった。

「かたじけない」

と、つい口を滑らせてしまった宗太郎に雁弥がにやにやと笑って言う。

「なんですか？　声が小さいですよ？」

「二度は言わん」

「ふふ、貸しひとつ」

「なぬ」

「なんてことは言いませんから、ご心配なく」

言いそうな顔をしているから不穏なのだ。

「わたしも見てみたいんで」

「何を？」

「花魁の演じる表舞台と裏舞台を」

「表と裏……」

よく雁弥が言う。この世に表と表、裏と裏はないのだと。

「さぁさぁ、時は今ですよ」

雁弥が清太を揺り起こし、にわかに猫の手屋が慌ただしくなった。さんざん二の足を踏んでいた宗太郎だが、事ここに至っては重い腰を上げないわけにはいかなかった。

野分のような男が、まさに嵐を起こそうとしていた。


「ここは極楽ですよう」

吉原への道すがら、白猫姿の清太は宗太郎の懐で機嫌よく喉を鳴らしていた。

「駕籠《かご》よりずっとあったかくて、居心地がよくて、楽ちんですよう」

「少し歩いてはどうですかな、猫旦那どの」

「清太ですよう。寒いから嫌ですよう」

「歩けば身体も温まりますぞ」

「疲れるから嫌ですよう」

宗太郎と清太のこのやり取りを聞き、雁弥が小首を傾げた。

「猫旦那さんは幽霊なのに、寒がったり、疲れたりするんですか？」

「白猫が疲れると、猫旦那どのも疲れるらしいのだ」

「ああ、白猫の身体には、猫旦那さんと白猫のふたつの魂が入っているんでしたっけ」

「ふたつの魂は今、あざなえる縄のごとしなのであろう」

奇妙奇天烈な白猫姿の武士と、穀潰しの幽霊がとり憑いたしゃべる白猫と、大部屋役者の珍道中はこうして始まった。

東の大川に両国橋《りょうこくばし》、北の神田川《かんだがわ》に柳橋《やなぎばし》が架かる両国橋西広小路までやって来ると、

「あれま、ここは柳橋ですね」

と、清太が一層おしゃべりになった。

「このあたりの船宿から、ちょきに乗って山谷堀へ向かうんですよう。わたしがいつも世話になっていたのは丹羽屋という船宿で、ちょきに乗る前に女将の持つ火縄箱で煙草《たばこ》に火を点け、一服するのが常でして。それで、ちょきに乗り込めば、女将が片手で舳《みよし》を押して『お近いうちに』って送り出してくれるんですよう」

「へぇ、粋ですねぇ」

雁弥は愛想よく清太の話に相槌《あいづち》を打っていたが、宗太郎にはどのへんが粋なのかがさっぱりわからなかった。

「今日は舟には乗りませんぞ。歩いて向かいますぞ」

「ええっ、引けまでには着きますか？」

「ヒケ？」

宗太郎が訊き返すと、清太の代わりに雁弥が教えてくれた。

「夜九つ（午前零時ごろ）のことですよ」

「そんなにかかるわけがあるまい」

日本橋から吉原大門までが、およそ一里半。

「もう柳橋まで来ているんで、ここからなら半刻もあれば着きますね。途中で浅草寺を詣でたとしても、夕七つ（午後四時ごろ）には大門をくぐれると思いますよ」

「明るいうちから悪所へ足を踏み入れるのは、お天道《てんと》さまに申し訳なく思うが、今日ばかりは仕方あるまい」

「気にすることないですって。吉原の昼見世は昼九つ（午後零時ごろ）から始まりますから、お天道さまに見られながら遊んでいる客はいくらでもいますよ」

「そのようなところだから悪所と言われるのだ」

「芝居町なんて、日の出と同じ明け六つ（午前六時ごろ）に幕が開いて、日没の暮れ六つ近くまで狂言が続きますよ」

「芝居町も悪所であろう」

「これは藪蛇《やぶへび》」

と、雁弥が舌を出しておどけた。吉原の女道楽、芝居町の芝居道楽、いずれもお大尽でないとできない道楽だ。

「昼見世は夕七つに引けます」

「それがしたちが着く刻限であるな」

「ええ。夜見世が始まる暮れ六つまでの一刻、花魁たちはお膳を囲んだり、身だしなみを整えたり、妓楼でてんでに過ごしているはずなんです。話を聞いてもらうには、ちょうどいい頃合いでしょう」

「いやに詳しいな、雁弥」

「ふふ、今様助六って呼んでください」

「スケロク？」

「やだな、知らないんですか？　歌舞伎狂言組十八番ですよ？　〝助六所縁江戸櫻《すけろくゆかりのえどざくら》〟の男伊達、助六ですって」

役者の端くれである雁弥は、ちょいちょい芝居の演目に絡めた話をした。

「助六所縁江戸櫻っていうのは吉原の大見世での一幕で、全盛の花魁の揚巻《あげまき》と、その情夫で俠客《きょうかく》の花川戸《はなかわど》助六と、揚巻に横恋慕する髭《ひげ》の意休《いきゅう》が丁々発止と渡り合う、ざっくりいうところの曾我物《そがもの》の世話狂言です」

「ざっくりすぎて余計にわからん」

「猫先生、そもそも、大見世ってわかります？」

「ぬ？」

「中見世は？　小見世は？」

「ぬぬ」

「あ、今、鼻を舐めましたね。わからないんですね」

図星を言い当てられて、宗太郎は編み笠を深く被り直した。

雁弥が腰をかがめて、宗太郎の懐に訊いた。

「猫旦那さん、萩尾さんがいるのは万丸屋さんでしたっけ？」

「清太ですよう。そうですよう」

「今の吉原には、惣籬《そうまがき》の大見世は玉屋さんと扇屋さんの二軒しかなかったと思うんですけど、万丸屋さんって？」

「万丸屋は半籬の中見世ですよう」

「では、萩尾さんって？」

「昼夜二分の座敷持ちですよう」

「おや、昼三《ちゅうさん》なのかと思っていました」

雁弥と清太はつうと言えばかあと答えるやり取りを繰り広げていたが、宗太郎にはまるでちんぷんかんだった。

宗太郎が小難しい顔をしていることに気づいたようで、

「猫先生。妓楼には格式によって大見世、中見世、小見世があって、入り口の落間にはそれぞれの格式に合わせた細い格子が組まれているんです。これを籬といいます」

と、雁弥が嚙み砕いて教えてくれた。

「それがしは猫先生ではない」

「もっとも格式の高い大見世は、全面が格子になっているので惣籬とも呼ばれます。次の中見世は右上の格子が空いているので半籬、その下の小見世になると格子が下半分にしかないので惣半籬」

「ほう」

「惣籬の大見世にいるのは、揚げ代が二分以上の花魁です」

「二分……」

「それでもって、昼三と呼ばれるのは昼夜の揚げ代が三分の、今の吉原では最高位の花魁です」

「三分……」

いずれも安くはないが、さほど高嶺《たかね》の花でもない、と宗太郎は思った。

「いわゆる、花魁道中で振袖新造《しんぞ》や禿《かむろ》を連れている花魁たちですね。ああ、振袖新造や禿っていうのは、姉女郎の世話をしながら、いずれ花魁になる子どもたちです」

「花魁道中……」

「この花魁道中っていうのが曲者《くせもの》でして、客は二分や三分の揚げ代ぽっきりで花魁に会えるわけじゃないんですよ。大見世の花魁を揚げるには引手茶屋を通すしきたりがあるんで、まず茶屋で飲み食いするお銭《あし》がかかります。花魁の取り巻き連にはご祝儀やら心づけやらも出さないとなりません。そうですよね、猫旦那さん？」

「清太ですよう。そうですよう」

「で、一気に十数両から何十両にも膨れ上がると」

「おおう、それは高嶺の花であるな」

宗太郎は大川の西河岸に広がる浅草御米蔵を右手に見て歩きながら、雁弥のうんちくに熱心に聞き入った。だんだんと吉原に心惹《こころひ》かれていったから、というわけではなく、恥をかかない程度の作法しきたりを今のうちに頭に入れておこうと思ったからだ。

「それでもって、わたしたちが向かう万丸屋さんは半籬の中見世だそうです。半籬の中見世には揚げ代が二分以上の花魁のほかに、二朱の女郎がいます」

「女郎……」

「萩尾さんは昼夜の揚げ代が二分の座敷持ちだそうです」

「座敷持ち……」

「座敷持ちっていうのは、自分の寝起きする部屋のほかに、お客を迎える座敷を持っている花魁のことです」

「ややこしくなってきたな」

　宗太郎はだんだん目が回ってきた。

「そうなんですよ。細かいことを言うと、もっとややこしいんですけど、ひとまずは最高の格式の妓楼が大見世で、最高位の花魁が昼三っていうのはわかりました？」

「それはわかった」

「昼三に次ぐ花魁が、昼二とも呼ばれる昼夜二分の座敷持ちになります」

「それもわかった」

「では、ここからはちょいと下世話な話になります。柏屋さんほどの大店の猫旦那さんなら、吉原いっちの大見世に通って、吉原いっちの昼三を敵娼《あいかた》にすることもできると思うんですよね」

　雁弥がしゃべりながら、ひょいと横に飛んで荷を積んだ大八車を除けた。その所作は舞い踊るがごとく、足音もなく、猫のようだった。

ですか？」

「それなのに、どうして、猫旦那さんは萩尾さんを、中見世の昼二を敵娼にしているん

宗太郎の隣に戻ってきた雁弥が、清太に訊いた。

「清太ですよう。これは阿弥陀仏《あみだぶつ》さまのお導きだったんですよう」

「へぇ、阿弥陀仏さまの」

「きっかけは、おととしの二十六夜待ちのことでして」

二十六夜待ちとは、七月二十六日の月の出を待つ月待のことだ。

この日の月は、夜九つ過ぎの真夜中にのぼる。その月光の中に阿弥陀如来、観音菩薩《かんのんぼさつ》、勢至菩薩《せいし》の阿弥陀三尊が姿を現すと信じられているため、二十六夜待ちというと江戸っ子が信心にかこつけて堂々と夜遊びのできる日になっていた。

「茶屋の男衆に連れられて夜見世の見立てをしていましたときに、張見世の萩尾を見つけたんですよう。月から天女が舞い降りたのかと思ったんですよう」

「ハリ見世……」

吉原には実にたくさんのなんとか見世があるものだ。宗太郎がわかったような、わかっていないような顔をしていると、

「花魁や女郎が籬の中に居並んで客を待つことを張見世っていうんです」

と、雁弥が耳打ちしてくれた。

「萩尾は大行灯にぽうっと照らされて、鳳凰《ほうおう》の絵の前に座っていましたよう。月と萩の花をあしらった黒地の仕掛けが毛氈《もうせん》に広がって、それはもう、この世のものとは思えないほどにあでやかだったんですよう」

「つまり、ひと目でぞっこん落っこちきったっていうわけですね」

雁弥にからかわれた清太が照れ隠しのように、猫の手でしきりに顔を掻《か》いた。

「花魁は初会では目も合わせてくれませんし、口もきいてくれないんですよう。裏を返して、やっとのことで萩尾の声を聞いたときには心が震えましたよう」

裏を返すとは二回目の登楼のことだと、雁弥がまた耳打ちしてくれた。

しかし、裏を返しても、まだ花魁に触れることはできない。三回目の登楼で客が馴染《なじ》み金《きん》と呼ばれる祝儀を出して、はじめて床を共にする馴染みになれるのだ。馴染みになると、客人呼ばわりだったのが名で呼ばれるようになり、花魁や妓楼から手厚いもてなしを受けられるようになる。

「ふむ。客人と目も合わせない花魁というのは無礼ではなかろ……むっ」

雁弥が宗太郎のしっぽを引っ張って黙らせた。

「なるほどね、それは阿弥陀仏さまのお導きですね。萩尾さんはウグイスのさえずりのような話し声でしたか？」

「そうですねぇ、どちらかというと野衾《のぶすま》のような声ですかねぇ」

「えっ。猫旦那さん、野衾に会ったことがあるんですか？」

「清太ですよう。ないですよう。そんじょそこらでは気軽に聞くことのできない、ありがたい声という意味で似ているんですよう」

野衾はムササビ、もしくはコウモリが変化した妖怪で、ガァガァと鳴くと言い伝えられていた。

「ふむ。野衾はどちらかというとやかましい声で耳障りな……むむっ」

またしても、雁弥が宗太郎のしっぽを引っ張った。

「そんなありがたい声で『ぬしさん』なんて呼ばれたら、そりゃあ、心も震えますよね」

「ええ、ええ。大見世の昼三にだって、あれほどの天女はいませんよう。萩尾は吉原いち美しい花魁なんですよう。わたしが言うんですから間違いないんですよう」

「そりゃあ、間違いないですよね」

あはは、と雁弥は愛嬌たっぷりに笑いながら太鼓持ちに徹していた。

そうかと思えば、笑顔のまま、低い声で宗太郎をたしなめる。

「猫先生、恋は闇って言いますでしょう？　せっかく猫旦那さんが気持ちよくお話ししてくれているんですから、いちいち野暮なこと言わないでくださいって」

「それがしは猫先生ではない」

「猫旦那さんに成仏してもらいたいんでしょう？　だったら、心ゆくまで萩尾さんとの思い出をしゃべってもらいましょうって」

「しっぽを引っ張るなといつも言っているであろう」

「今日の猫先生は懐だけ貸してくれていればいいですからね。吉原に着いたら、わたしが猫旦那さんに猫の手を貸しますからね」

「そこもとの手は猫の手ではなかろう」

「くれぐれも、わたしの足を引っ張るような真似《まね》はしないでくださいね」

「むう」

雁弥の剣幕に押されて、宗太郎はたじたじになった。他人《ひと》のしっぽは引っ張っておいて、他人には足を引っ張るなとのたまう厚かましさに物申してやりたかったが、

「いいですね？」

と、目の笑っていない笑顔で念を押され、宗太郎は黙り込むしかなかった。


それから少し歩くと、右手にこぢんまりとした宝形造りの堂宇《どうう》が見えてきた。浅草寺の門口にあたり、駒形堂と称える馬頭観音のお堂だ。浅草寺へ向かう参拝客は、まずはここで手水を取り、身を清めることになっていた。

「駒形堂の岸にある舟着きからも、ちょきに乗れますよう」

清太がのんきに言うと、すかさず雁弥が釘《くぎ》を刺した。

「今日は舟には乗りませんよ」

「やれやれ、疲れますよう」

「猫旦那さんは歩いていないから疲れないでしょう。疲れるのは猫先生でしょう」

「清太ですよう。それもそうでしたよう」

しゃべり通しの清太に、宗太郎は別の意味で疲れていた。もともと無口な宗太郎は、おしゃべりに花を咲かせることが苦手だった。

悔しいことだが、この場に雁弥がいてくれて大いに助かっていた。

「猫旦那さん、浅草寺にも立ち寄ってお参りしましょうね。素通りっていうわけにはいきませんからね」

「清太ですよう。わたし、浅草寺を参拝したことがないんですよう」

「それじゃあ、今日が初めてなんですね」

「それが、たぶん二度目になるんですよう」

「初めてなのに、二度目？」

雁弥が二本指を立てて訊き返した。

「自分では参拝したことがないんですけれども、保兵衛《やすべえ》の話ですと、赤ん坊のときにおっ母さんに連れられて一度だけ参詣したことがあるみたいなんですよう」

「ヤスベエさん？」

「うちの番頭ですよう。当時はまだ手代で、おっ母さんが出かけるときの供をしていたそうですよう。わたしは乳母に背負われて、どこに行くときもいつもおとなしく寝こけていたって、よく保兵衛が話してくれましたよう」

「へぇ、番頭さんがむかし話をしてくれるなんていいですね」

「むかし話ばっかりの年寄りですよう」

　この話を聞いて、そういうことか、と宗太郎はひとりうなずいた。その番頭の忠言で、百日もの間、清太は蔵に閉じ込められることになったわけだ。

「わたしに、本当のおっ母さんのむかし話をするのは保兵衛だけなんですよう」

「本当のおっ母さん？」

「わたしの本当のおっ母さんは、わたしが三つのときに死んでいるんですよう」

「えっ。あの、それじゃ今の柏屋さんのお内儀さんって？」

「後添えの、継母です」

「継母……。それはご苦労されて、いえ、あの、おさびしい思いをされましたね」

　雁弥がとっさに『ご苦労』と口走ってしまったのは、継母と聞かされて継子いじめを思い浮かべたためだろう。宗太郎も清太につらい別れがあったとは思いもしなかったので、正直驚いていた。

「いえいえ、わたしはなんのさびしい思いもしませんでしたよう。今のおっ母さんも、わたしにいつもやさしくしてくれましたから」

「そうでしたか、できたお内儀さんなんですね」

「今のおっ母さんは、元はうちの女中だったそうですよう。柏屋のことをよくわかっていますし、陰日向《かげひなた》のない働き者なんで、奉公人たちからも慕われているんですよう」

「へぇ、内助の功ってやつですね」

「それに、本当のおっ母さんを亡くしていると得することばかりでして」

「得すること？」

「大嫌いなシイタケを残しても、今のおっ母さんはわたしを怒りませんよう」

「へぇ……」

「迷い箸をしても、今のおっ母さんはわたしを怒りませんよう」

「へぇ……」

雁弥は清太の話に相槌を打ちながら、次第に微妙な顔つきになっていった。

「損なことに、弟は怒られるんですよう」

「弟さん？」

「今のおっ母さんは、弟の本当のおっ母さんですから」

宗太郎と雁弥は顔を見合わせた。それはつまり、弟とお内儀は血のつながった母子ということなのだろうか。

そうだとすれば、清太が怒られないのは得でも損でもなく、

「お内儀は継子の猫旦那どのに遠慮があって怒れないのでは……」

「猫先生」

「……うぐっ」

雁弥が強く宗太郎のしっぽを引っ張った。

「ですけれどもね、柏屋にもひとりだけ怒りん坊がいたんですよう。保兵衛は何かにつけて、あれのこれのと口うるさかったですよう」

「さっき話に出た番頭さんですね」

「わたしが蔵に閉じ込められることになったのだって、保兵衛が言いだしっぺなんですから。おっかない、おっかない」

宗太郎は、へのへのもへじのような顔をしたおのれの爺《じい》のことを思い出していた。

近山家の用人である爺こと、日下部喜八《くさかべきはち》も何かと口うるさい老人だ。履物の脱ぎ方、廊下の曲がり方、箸の上げ下げにも小言を並べる頑固者なので煙たいと思うこともなくはないのだが、それを補って余りあるほどに宗太郎は喜八を慕っていた。喜八がやかましく口出しをしてくるのは、宗太郎を一人前の武士に育てあげようとしてのことだとわかっているからだ。

「それが教えと学びというものである」

三日月長屋や長谷川町の人々も、宗太郎を一人前の化け猫に押し上げようとして何かと口出ししてくる。人に戻りたいだけで、化け猫になりたいわけではない宗太郎にとっては見当違いな口出しばかりではあるのだが、それでも気にかけてくれていることがありがたかった。

ひょっとしたら、清太には番頭の保兵衛のほかに、そういう人がいなかったのかもしれない。

「おやおや、あそこの大きな提灯《ちょうちん》がぶら提がる山門はなんですか?」

ふいに、清太が宗太郎の懐から伸びあがって言った。

ぼんやりしていた宗太郎は、ひとつ咳払《せきばら》いをしてから猫の手で編み笠を持ち上げた。

清太の視線の先の広小路には、朱色があざやかな切妻造りの山門が見えていた。

「あれは浅草寺の雷門《かみなりもん》、正しくは風雷神門ですよ」

と、雁弥が西に傾きだした日差しをまぶしがるように小手をかざして言った。

「あれま、名にし負う雷門はあんなにご立派なんですね。ちょきの上からだと広小路は見えないので、五重塔のてっぺんを拝むくらいですよう」

「大川から見る五重塔も風情がありますよね」

「はいはい。これを越えると、左に待乳山《まつちやま》、右の隅田堤越しに三囲《みめぐり》神社の笠木が見えて、ちょきが左に舵《かじ》を切りますよう」

「吉原の玄関口、山谷堀ですね。その少し手前の猿若町に、わたしのいる芝居町が広がっています」

「はいはい。狂言も人形浄瑠璃も楽しいですよう」

「ふふ、ありがとうございます」

雁弥がうまいこと会話を転がしてくれるなか、一行は人の流れに乗って浅草寺の総門である風雷神門をくぐった。ここから次の仁王門まではまっすぐに長い敷石の参道になっており、両側には中店と呼ばれる小屋掛けの店が並んでいた。

「これはまた芋を洗うような人込みですよう。みなさん、参拝客なんですか？」

「どうでしょうね。参拝にかこつけて、その足で奥山や吉原にしけこむ旦那衆も多いんじゃないですかね」

「それはまた罰当たりですよう」

「猫旦那さんがそれを言いますか」

「清太ですよう。わたしは参拝にかこつけるような野暮な真似はしませんよう。吉原へ、まっしぐらですもの」

「それもそうでしたね、あはは」

「うふふ、そうですよう」

あはは、うふふ、と雁弥と清太は楽しげな笑い声をあげていた。

しかるに、仁王門へ近づくにつれて宗太郎の懐に異変が起きた。

「はて？　猫旦那どの、いかがしましたかな？」

にわかに、清太がぶるぶると身体を震わせだしたのだ。

「寒いのですかな」

「寒いような、寒くないような」

宗太郎が小袖の上から両腕で清太を抱え込んでみると、小さな身体は瘧《おこり》に罹《かか》ったようにわななないていた。今日も風は冷たかったが、空に雲はなく、冴え冴えとよく晴れ渡っていた。

「少しでも日の当たるところへ行きましょう」

「あーっ」

「猫旦那どの？」

「魂が、魂が……！」

「魂がいかがしました？」

宗太郎がおろおろとしている隣で、

「あーっ」

と、今度は雁弥が素っ頓狂な声をあげた。

「何事か、雁弥」

「猫先生、猫旦那さんは幽霊なんですよ」

「知っておるとも」

「でもって、ここは浅草寺、浅草の観音さまをお祀《まつ》りする補陀落《ふだらく》なんですよ」

「何を今さら、知っておるとも」

「常香炉から漂う線香のにおい、寺中《じちゅう》から聞こえる勤行の声、浅草の観音さまのお導きによって、幽霊である猫旦那さんが成仏しようとしているんじゃないですか？」

「成仏！」

白猫姿の清太は橙の実のような目をきつくつむり、息も絶え絶えに苦しんでいた。

「嫌ですよう。魂が極楽浄土へ向かって引っ張られますよう」

「猫旦那どの、お気を確かに」

「萩尾に会えずに成仏するなんて死んでもご勘弁ですよう」

「死んでもご勘弁とは言いますが、猫旦那どのはもう死んでいるのですぞ」

「ああ、そうでしたよう」

「幽霊は死にませんぞ」

宗太郎は赤ん坊をあやすように、苦しむ清太を左右に揺すった。

そんな宗太郎の肩に、雁弥がほっそりとした手を置いた。

「猫先生、幽霊も死ぬんじゃないですか？　成仏するときが、幽霊が死ぬときなんじゃないですか？」

「なぬ」

「となると、清太さんは二度死ぬんじゃないですか？」

「二度……死ぬ……」

宗太郎は言葉に詰まった。白猫にとり憑いている幽霊の清太を成仏させてやりたいとは思ったが、それによって清太が二度死ぬことになるとは考えが及んでいなかった。

それも藪から棒に、こうも力任せに成仏させることになろうとは……。

「なんとかならんか」

「なんとかって、猫旦那さんを今ここで成仏させるってことですか？　それとも、今はまだ成仏しないようにするってことですか？」

「今はまだ成仏しないように、なんとか」

そうこう言っている間も、清太は苦しみ続けていた。

「ああ、もう。猫先生、こういうときはなんとかもかんとかもないですって。真っ向勝負しかないんですって」

雁弥がやけっぱち気味に言って、軽く屈んで長着の褄《つま》を取った。白い脛《すね》が露《あら》わになり、その芝居がかった仕草に周囲の目が集まった。

「何をするか、雁弥」

「何って、こうするんですよ」

言ったが早いか、雁弥は一目散に仁王門へ向かって駆けだしていた。

「猫先生も早く！　こういうときは逃げるに限ります！」

「待て、勝負せずに逃げるとは卑怯《ひきょう》な」

「逃げるが勝ちって言うでしょう！」

いかにも、それも一理ある。

「しかし、仁王門をくぐってはいよいよ本堂であるぞ。逃げるのならば、雷門へ引き返すべきなのでは」

「仁王門をくぐったら、ご本堂にはご免ください して、右手の随身門へ向かってくださ い！　随身門から馬道へ出るんです！」

「そのこころは」

「馬道は日本堤へ続く抜け道ですから！」

いかにも、突破口を開くのである。

宗太郎は得心して、仁王門を見上げた。仁王門はその名のとおり仁王像を安置する二階造りの楼門で、大きさも高さもあるため、見るからに霊妙な気をまとっていた。

「猫旦那どの、しばし辛抱なされよ」

懐に丸まる白猫姿の清太をがっしりと抱き直して、宗太郎もまた一目散に仁王門をくぐった。

「本堂には失礼つかまつって」

正面に見えた入母屋造りの本堂へ、宗太郎は一旦足を止めて頭を下げた。

「右へ向かう、と」

仁王門と随身門の間には、小商いの楊枝店《ようじだな》が多く集まっていた。どの店も美人を置いているので、あたりは鼻の下を伸ばした浮かれ客で押すな押すなの大にぎわいだった。

「猫先生、こっちです。はぐれないでくださいよ」

走るに走れなくなった雁弥が何度も振り返って、宗太郎を呼んだ。

「猫先生ではない」

と言い返す宗太郎の声も、ものの見事にさんざめきにかき消されていた。

楊枝店の美人に何度も袖を引かれたため、宗太郎がどうにかこうにか切妻造りの随身門をくぐったときには、すっかり小袖は着崩れていた。

「馬道でも油断は禁物ですよ。ここから日本堤までは、道の両側に浅草寺の寺中が並んでいますから」

「むう、そのようであるな」

たどり着いた馬道もまた、線香のにおいが立ち込めていた。この辺りもまだ補陀落なのである。

「猫旦那どの、もうしばしの辛抱ですぞ」

宗太郎は足早に馬道を行きながら懐へ声をかけたが、清太からの返事はなかった。

「猫旦那どの？」

寺中を抜けた先の門前町で足を止め、宗太郎は清太の身体を軽く揺すってみた。

しかし、丸くなっている清太は白猫が鏡餅にすり替わってしまったかのように、ぴくりとも動かなかった。

「猫旦那どの！」

「えっ、なんですか？　まさか成仏しちゃったんですか？」

「わからん、動かん」

「ええっ、二度死んじゃったんですか？」

宗太郎と雁弥がうろたえ騒いでいると、

「ふが」

と、懐からいつか聞いた吐息が聞こえた。

「おおう、猫旦那どの。ご無事でしたか」

「んん？　あれま、猫太郎さま、鼻の上にシワが寄っていますよう。獅噛火鉢《しがみひばち》みたいなおっかないお顔をして、どうされましたか？」

「宗太郎です。猫旦那どのこそ、何があったのですかな。先ほどまで、魂が極楽浄土に向かって引っ張られるとかなんとか、それはもう苦しんでおられたはずですが」

「清太ですよう。そういえば、そんなこともありましたよう」

清太の他人事《ひとごと》のような口ぶりに、宗太郎と雁弥は安堵半分、あきれ半分のため息をこぼした。

「猫旦那さん、心配しましたよ。浅草の観音さまのお導きで、成仏しちゃったのかと思いましたよ」

雁弥がわかりやすい心配顔で清太に声をかけた。

「清太ですよう。そうでしたよう。ご本堂に近づくにつれて、危うく成仏するところでしたよう」

「それなのに、ふが、って。もしかして寝ていたんですか?」

「もしかして寝ていましたよう」

「あんなに苦しんでいたのに?」

「あんなに苦しんでいたのに、猫太郎さまがわたしをがっしりと抱きかかえてくださったおかげで、懐がいいあんばいに狭くて、暗くて、温かくなって、そのうちに白猫がうつらうつらしだしまして」

「ああ、そういうことですか。猫旦那さんと白猫は、あざなえる縄のようなものなんですものね」

「清太ですよう。白猫がまどろめば、わたしもまどろむわけでして。苦しみながらも、うっかり眠ってしまったわけでして」

「あはは、なんか猫らしくていいですね」

雁弥は笑っていたが、宗太郎は笑えなかった。むしろ、肝が煎れた。がっしりと抱きかかえていたのは、それだけ清太の身を案じていたからだ。こちらは真面目に猫の手を貸しているのに、清太からは今ひとつ本気さがうかがえなかった。

「ふたつの魂があざなえる縄のごとしであるとすれば、さかしまに猫旦那どのの苦しみが白猫に伝わるというようなことはなかったのですかな?」

宗太郎が問い詰めても、清太はどこ吹く風だ。

「伝わってはいても眠気が勝ったみたいですよう。猫だけに」

「苦しみながらも、うっかり眠れるものですかな?」

「眠れるものなんですよう。猫だけに」

しゃべりながら、清太は何度もあくびをしていた。

猫が眠気に弱いことは、清太よりも白猫姿の歴が長い宗太郎のほうが身をもってよく知っている。よく知ってはいるのだが、是非もなし、と笑って聞き流せるほど、宗太郎は身も心も猫になりきっているわけではなかった。

頭上では浅草田んぼへ向かうらしいカラスが『バカァ』と、いやもう、はっきり『バカ』と聞こえる声で鳴いていた。

「ちょこざいな」

宗太郎はたまらず言い返してしまった。

そんなことにはお構いなしに、半歩前を歩く雁弥がよく通る声を張りあげた。

「さぁて、猫先生！　猫旦那さん！　日本堤が見えてきましたよ！」

浅草寺領の町並みの向こうに、葭簀《よしず》張りの水茶屋が並ぶ土手八丁が見えていた。

「日本堤までくれば、吉原はもう目と鼻の先ですよ」

「はいはい、吉原へ帰ってきましたよう」

懐ではしゃぐ清太の後ろ脚が、宗太郎の鳩尾《みぞおち》に入った。

「うおう……」

その痛みと、やり場のない気持ちを抱えて、宗太郎はのっそりと小高い日本堤へ上がった。すぐ間近に、吉原を囲う高い塀が見えた。

四

日本堤は江戸幕府開府後に大川の氾濫《はんらん》に備えて築かれた、人工の土手である。浅草聖天町から下谷の三之輪村《みのわむら》まで、およそ十三町にも及ぶ長堤だ。

この日本堤を行き来するのは、ほとんどが吉原目当ての男たちだった。山谷堀で猪牙舟を下りた客は、屋号入りの箱提灯を手にする船宿の男衆に先導されて、ここからは歩いて吉原へ向かうことになる。

三株の柳の木、言わずと知れた見返り柳までたどり着いたところで、宗太郎はゆっくりと来た道を振り返った。

立ち止まった宗太郎を、吉原へ向かう駕籠と、吉原から帰る駕籠が、次々と追い抜かしていった。雁の飛ぶ南の空の下には、浅草寺本堂の大屋根と五重塔が見えていた。

「吉原とて魑魅魍魎《ちみもうりょう》の棲《す》み処《か》ではあるまいし」

宗太郎は独りごちた。

「頭から塩をつけて噛まれるわけではなかろう」

とうとう吉原へやって来た。

かつて、吉原は宗太郎が今暮らしている長谷川町近くにあった。その土地が御用地であったことから、代地として浅草寺うしろの日本堤辺りか、本所の内か、どちらかを選ぶようにと公儀から申し渡され、明暦の大火後に浅草田んぼへ引き移ったという由緒があった。

それゆえ、浅草田んぼの吉原は切絵図などでは〝新吉原〟と表記されていた。

江戸の北のはずれにあることから北国とも称される吉原は、ぐるりを高い塀と鉄漿溝に囲まれているため、近隣の村や町との行き来は一切ない。町奉行所の支配下ではあるが、町火消しのいろは四十八組からは外れていた。

そういうこともあって、吉原は江戸市中にあって江戸市中ではないと見なされ、不浄の地と呼ぶ者さえいた。

「いざ」

宗太郎は武者震いのように顔を振り、自分を奮い立たせて衣紋坂に向き直った。

ここから三つ折れしつつ五十間ほど行けば、大門が見えてくるはずだ。不浄の地だからなのか、日本堤からは直に吉原が見えないようになっていた。

「猫太郎さま、雁弥さん、ここらで衣紋をお直しくださいよう」

「宗太郎です。それがしは遊びに来たわけではないので、そういうのは結構です」

宗太郎は一蹴したが、

「猫先生、遊びに来たわけじゃなくても、身だしなみは大事ですって。ほら、浅草寺で揉みくたになったから、小袖が着崩れちゃっているじゃないですか」

と、雁弥に衿もとをぐっと引っ張られた。宗太郎よりも雁弥のほうが少しだけ背が高いので、胸倉をつかまれた気分だった。

「泡雪の毛皮を見せて歩きたいのはわかりますけどね、今はしまっておきましょうね」

「誰が毛皮を見せたいものか」

「ああもう、動かないで」

ぐっ、ぐっ、と何度も雁弥に衿もとを引っ張られ、宗太郎は仏頂面になった。

「いらぬお世話の焼き豆腐め」

「猫先生に言われたくないですね」

「猫先生ではない」

と、宗太郎が言うのに被せて、清太が懐から顔を出して言った。

「万丸屋から帰る朝、萩尾もいつもわたしの衿もとを直してくれましたよう」

「いいですね。萩尾さんも、いらぬお世話の焼き豆腐なんですね」

「ええ、ええ、萩尾はよく気のつく天女なんですよう。太鼓持ちたちからは、萩尾が姉で、わたしが弟のようだと、しょっちゅうからかわれていましたよう」

この清太ののろけで、宗太郎のまぶたの裏にお琴の顔がちらついた。

お琴は宗太郎よりずっと年下だが、姉が弟の面倒を見るかのように、何かと宗太郎にお節介を焼きたがった。

「女人というのは、押しなべてそういうふうにできているのであろうか」

お琴もいらぬお節介の焼き豆腐なのかと思ったら、宗太郎のピリピリしていた心が少しだけほころんだ。

「姉と弟、乙な関係ですね。さすがは昼二の座敷持ちの花魁、萩尾さんってお若いのにしっかりしているんですね」

「いえいえ、萩尾はとうが立っているんですよう。わたしより年上なんですよう」

「えっ。あ……、でも、ひとつ増しの女房を持つと仕合せがいいって言いますしね」

「それが二つ増しの二十六なんですよう」

「えっ。あ……、でも、二つ増しの女房なら二倍仕合せがいいかもしれませんよね」

清太より二つ年上ということは、宗太郎よりも二つ年上ということだ。それぐらいの姉さん女房なら世間にはざらにいるだろうが、雁弥が大げさに驚いているということは、とうの立った花魁は吉原では珍しいことなのかもしれないと宗太郎は思った。

「ん？」

と、すぐに雁弥が何かに気づいたように指を折った。

「萩尾さん、二十六ということは、あと一年で年季が明けるんじゃないですか？　吉原では十七からの苦界十年で、二十七になると年季明けですよね？」

「はいはい、そうなんですよう。年季が明けて、萩尾が吉原の外へ出ることができたら、夫婦になる約束だったんですよう」

「いや、しかし、そうした約束は……」

花魁の手練手管なのでは、とまでは言わずに宗太郎は押し黙った。

仮に、うまいこと清太が萩尾の猫になれたとして、外に出たときに元花魁と穀潰しの幽霊がとり憑いたしゃべる白猫とで、どうやって暮らしていくのかと心配になった。

「猫の手屋でもやる……か」

この商売、そんなに甘いものではないぞ、と宗太郎は頭を振った。

三つ折れの道の先に、黒塗りの板葺き屋根が付いた冠木門が見えてきた。

「ああ、あれが大門ですよう。ようやく帰ってこられましたよう」

清太がまた懐でじたばたと暴れて、宗太郎の腹を蹴りつけた。

「うおう……。猫旦那どの、狭い懐ではあまり大きく動きませんように」

「清太ですよう。これは失礼いたしましたよう」

そう言った先から、今度は清太が懐でのの字にぐるぐると体軀《たいく》を回した。

「うおう……」

「猫旦那さん、わたしからもお頼みします。ここからは、ちょいとじっとしていてくれませんか？　お口を縫いつけておいてくれませんか？」

「清太ですよう」

「このあとの段取りを話しておきますとね、わたしたちは柏屋さんの使いで、若旦那さんの形見をお届けにあがったことにしたいんですよね」

「形見と言いますのは？」

「猫旦那のことですよ。でも、いきなり猫を、それもしゃべる猫を連れて行っては妓楼のご主人も困惑するでしょう？　ですから、物が何かは明かさずに、萩尾さんに直に渡したいって掛け合うつもりです」

雁弥の策に、清太は大きくうなずいた。

「わたしが口を縫いつけてじっとしていれば、萩尾に会えるんですね？」

「会えるように、わたしが猫の手を貸しますから。おっと、〃わたしたち〃が猫の手を貸しますから」

わたしたち、のところで雁弥が宗太郎の肩に腕を回した。

「ああ、おありがとうございます。お頼み申しますよう」

「どうしても何か言いたいときは、ニャーニャーの猫の鳴き真似でお願いします」

「わかりましたよう」

清太が、ニャーニャー、と猫の鳴き真似をしてみせると、

「おや、かわいい猫の声がするわいな」

と、すれ違いざまに焙烙頭巾《ほうろくずきん》を被った老人が言った。老人は取り巻き連中を大勢引き連れて、大門から出てきたところだった。

宗太郎はなんとなく編み笠を目深にして、老人一行から顔を隠した。毛深い顔を見られて『化け猫！』と叫ばれたくなかったというのもあるが、謹厳実直であるべき武士が

日の高いうちから悪所に出入りしていると思われたくはなかった。

「では、みなさん、先を急ぎましょう」

雁弥が先陣を切って、大門をくぐった。

宗太郎も人生初めての大門をくぐった。

ここまですいぶんと気負ってきたが、くぐってしまえば、存外あっさりとしたものだった。七輪の上でアタリメを何度ひっくり返してもアタリメはアタリメのままであるように、宗太郎が大門をよしんば何度くぐることになっても、野暮天は野暮天のままなのだろう。アタリメは鯛にはならないし、野暮天が粋人になれるわけでもないのだ。

「こんなものか」

というのが、宗太郎の嘘偽《うそいつわ》りのない感想だった。

吉原へやって来た客がまず目にするのは、大門口からまっすぐ延びる大通りだ。通りの両側には、上げ縁を出す表店が延々と並んでいた。

「この目抜き通りが仲之町《なかのまち》です」

「ナカノマチ……」

「人込みの向こうに、銅の灯明が見えますでしょう？　あれが火伏せの神さまの秋葉《あきば》権現をお祀りしている、秋葉常灯明です。あのあたりが水道尻って言って、吉原の最奥になります」

「さすがに目抜き通りだけあって、人が多いな」

「ここが吉原でいっち華やかなところですからね」

吉原は北へ向いた大門から見て、この仲之町を中心に東西に一町ずつ、水道尻に向かって南北に三町ないし四町が方形に並ぶ土地になっていた。総坪数は二万七百六十坪に及ぶ。

立ちほうけて金色の目で往来を見つめていた宗太郎は、大門をくぐる客より、大門から出ていく客のほうが多いことに気づいた。

「帰っていく客が多いのは、昼見世とやらが引ける刻限であるからか？」

「そうですね。もう少ししたら、夕七つの拍子木が鳴るころでしょうから」

雁弥が言った先から、どこからともなく拍子木を打つ音が聞こえた。

「仲之町の両側で上げ縁を出している表店、あれが引手茶屋になります。大見世や中見世の花魁を揚げるには、こうした茶屋に上がってとりあえずの酒宴を開きます。その間に茶屋から妓楼に使いを出して、花魁を呼び出すんです」

「呼び出してどうする？」

「花魁が来たら、一緒に妓楼に向かうんです。そういうしきたりなんです」

「では、それがしたちも茶屋に上がるのか？」

「猫先生の懐にあるのが白猫ではなく、切り餅ならそれもできますけど」

「二十五両か。餅は餅でも、猫旦那どのはしゃべる鏡餅であるからな」

「なんですか、しゃべる鏡餅って。とにかく、わたしたちはお大尽じゃないんで、茶屋遊びは無理です。それに花魁は初会の客には目も合わせてくれないし、口もきいてくれないって、清太さんが言っていたでしょう。そういう作法なんです」

面倒くさい作法しきたりである。

「ですけど、今回、わたしたちは形見の品を持参した柏屋さんの使いですから」

「客でないなら、茶屋を通す必要はないのであるな」

「そういうことです。万丸屋さんへ直に乗り込みます。妓楼のご主人も、使いと名乗る者へ阿漕《あこぎ》なことは言わないでしょう」

「ふむ、相わかった」

宗太郎は納得して、雁弥に従うことにした。

「万丸屋の場所はわかるのか？」

「猫旦那さんに訊いてみましょう」

ところが、懐からは早くも、

「ふが」

という、いつものいびきが聞こえていた。

「なんと、もう寝ている」

先ほど、清太が懐でのの字にぐるぐる回っていたのは、寝床の地ならしだったのだ。

「あはは、猫旦那さんって食えない人ですよね。ああ、幽霊ですよね」

「おのれの命運を賭した大一番を前にして、のんきなものであるな」

「まぁ、寝ていてくれたほうが、わたしたちとしてはやりやすいですよ。懐から、やいのやいの話を混ぜっ返されても面倒ですからね」

話しながら、雁弥が仲之町のひとつ目の辻で立ち止まった。

「さて、猫先生。この辻から右の路地が江戸町一丁目、左の路地が江戸町二丁目になります。これらの二丁に、大見世や中見世の格式の高い妓楼が集まっています」

「それがしは猫先生ではないが、万丸屋は中見世であったな」

「ええ。だから、きっとこのどっちかに万丸屋はあるはずなんです。どっちから行きましょうか？」

「一丁目から行くか」

「野生の勘ですか？」

「武士の勘である」

というのはご愛敬で、なんとなく辻の右寄りに立っていたため、口を衝いて出ただけだった。

それはそれとして、宗太郎は雁弥に続いて江戸町一丁目の路地に踏み込み、

「ほほう、これが籬か」

と、田舎ざむらいのようにあんぐりと口を開けた。華やかだった仲之町とはまた違う、艶やかな景色が目に飛び込んできた。

女郎たちは細い格子を組んだ籬の中に居並んで、客が付くのを待つ。それを張見世というのだと雁弥から教えられてはいたが、話に聞くのと、実際に目にするのとでは合点が違った。

「これが吉原ならではの光景か」

ちょうど昼見世が引けたところだったので、客が付かずに籬の中でお茶を挽《ひ》いていた女郎たちが、ぞろぞろと妓楼の奥へ下がるところだった。

「あっ、ありましたよ。万丸屋」

路地の中ほどで、雁弥が半籬の妓楼を指差して言った。

「ほら、暖簾に万丸屋って描いてありますよ」

籬の横の土間に、紺地に白抜きで万丸屋と描かれた大きな紺暖簾が掛かっていた。

「ほう、立派な表構えであるな」

「猫先生の野生の勘、すごいですね」

「武士の勘である。ここに猫旦那どのの花魁がいるのであるな」

「ええ、ここにいます。この半籬の中見世が、わたしたちの檜舞台《ひのきぶたい》になります」

「檜舞台？」

「役を決めておきましょう。わたしの役は、そうですね、御蔵前《おくらまえ》あたりにある柏屋とは古い付き合いの大店の若旦那ってことにしておきます」

今日の雁弥はおあつらえ向きに、唐桟の長着に長羽織を着こんだ若旦那風情だった。

「でもって、猫先生の役は食い詰め浪人で、わたしの用心棒です」

「それがしは食い詰めてはいないし、用心棒でもない」

「ですよね、そうなりますよね。そうやって余計なことをしゃべられて足を引っ張られても困るんで、やっぱり猫先生は猫の手屋のままでいいです」

雁弥が匙《さじ》を投げるように、手をひらひらとさせて言った。別に何か役が欲しかったわけではないが、与えられないとなると、宗太郎としてもおもしろくなかった。

「用心棒役をやってもよいぞ」

「いえ、猫先生は猫先生でいきましょう。化け猫の皮がはがれないように、とにかく黙って座っていてくれればいいですからね」

「それを言うなら、化けの皮であろう」

「しっぽを出さないように頼みますよ」

「しっぽは常に出ている」

「あはは、そうでしたね」

雁弥が指先に唾をつけて、宗太郎の松葉に似たひげを横に二度三度しごいた。

「では、幕を開けますよ」

雁弥が幕と言ったのは、紺暖簾のことだ。

満を持して、雁弥が白い手で万丸屋の紺暖簾を跳ね上げた。


檜舞台の幕が開いた。

妓楼の造りは、大見世も中見世もどこもだいたい同じだ。屋号入りの紺暖簾の先に広い土間があり、土間の壁側には米俵が高く積まれ、板の間側には内所から台所までぶち抜きの大広間がひろがっていた。

また、妓楼ならではの造りとして、土間からは二階へあがるための大階段の背が見えていた。これがふつうの商家や町屋なら階段は表へ向かって造られているのだが、妓楼では二階に女郎部屋や遊興の座敷があるので、内所から人の動きがよく見渡せるように奥へ向かって造られているのだ。

宗太郎と雁弥が万丸屋の土間に入ると、ぶち抜きの大広間では帰り支度の客、見送る女郎、見世番の若い者、料理人などが入り乱れ、ごった返していた。

むせ返るような白粉のにおいに、宗太郎はたまらずくしゃみをしてしまった。

それを聞きつけたか、

「はいはい、いらっしゃいまし」

と、土間にいた若い者がさっそく揉み手で近づいてきた。にこにこと愛想はいいが、その目は客の身なりを値踏みするように抜け目なく動いていた。

「ええと、お見かけしないお顔でやんすが、お初のお客人でございやしょうかね。今さっき、昼見世は引けたばかりでやんして」

「わたしは客とは違いますよ」

と、雁弥が一段声を高くして言った。それまでの雁弥とは別人のように、おっとりとした印象になった。

「わたしは弥一《やいち》と申します。今日は柏屋さんの使いでやって来ましたよ」

「柏屋さん……って言いやすと、えっ、木綿店のですかい？」

「そうですよ。柏屋さんとうちは先代からの長いお付き合いがありましてね。ああ、うちって言いますのは御蔵前の表店で、なんの商いかはご勘弁くださいな。吉原に来ていることを番頭さんに知られたら、大目玉を食らってしまいますので」

「へえ、御蔵前の」

御蔵前あたりの表店は大店しかないので、若い者は雁弥をあっさりお大尽だと認めたようだった。確かに、役に入り切った雁弥のおっとりとした口調やなよなよした腰つきは、いかにも乳母日傘《おんばひがさ》のお坊ちゃんに見えた。

「わたし、今日は清太さんのことでお話があってうかがったんですよ」

「清太さん……って言いやすと、えっ、柏屋さんの若旦那さんのことですかい？」

「お内所さんと少々込み入ったお話がしたいんで、ちくっと上がってもいいですかね」

「そ、そうでやんしたか。こりゃどうも、どうぞお上がりください」

若い男が慌てて板の間に上がり、大広間へ駆け込んで行った。

大広間の中ほどに、縁起棚を背にした内所があった。内所とは妓楼の主人や女房の居場所のことで、ここから楼主は大階段や大広間に日がな一日にらみを利かせるのだ。

今は内所には女房しかいないようで、膝に煙管《きせる》を立てた年増がうろんげに土間の雁弥を見ていた。客になる男なのか、ただの冷やかしなのかを見極めているのだろうか、頭の中で算盤《そろばん》を弾いていそうな目つきだった。

若い者が何ごとかを耳打ちすると、女房はすぐに愛想笑いを浮かべて立ち上がった。

「お客人、ようこそおいでなさいました」

女房の声は、アマガエルのような濁声《だみごえ》だった。

「面の皮の厚そうなお内所さんですね」

と、雁弥が草履を脱ぎながら、聞こえるか聞こえないかの声で宗太郎にささやいた。

「どうする、しっぽを巻いて逃げるか」

「とんでもない」

雁弥が花道に踊り出るように板の間に上がったので、それに続くために宗太郎も編み笠を脱いだ。このとき、ちょうど大階段を下りてきた坊主頭の女児と、まともに目が合ってしまった。

「あっ、猫さんじゃ」

「ぬっ」

「化け猫さんじゃ、化け猫さんじゃ」

「ぬぬっ」

女児は怯えているわけではなく、人懐っこい笑顔を見せていた。

「ふふ。子どもさん、こちらは猫でも化け猫でもなく、猫の手屋の猫先生ですよ」

雁弥が女児の坊主頭を撫でて言った。それがしは猫先生ではない、と宗太郎は言いかけたが、ここは黙っておくことにした。

「猫先生、この姿の子どもさんは坊主禿って言いますよ」

「坊主禿……」

「いずれは花魁になる子どもさんですよ」

「花魁に……」

坊主禿は下の前歯が一本無かった。乳歯の抜ける年ごろのようだった。

こんな年端も行かないうちに妓楼に売られ、働いている女児がいる。遊びも、我がままを言うことさえ知らないまま、花魁になる。

「これが、苦界というものか」

宗太郎はやるせない気持ちになって、目を閉じた。

しかし、すぐに目を開いた。足を運んだからには、臭いものに蓋をすることなく、吉原の光と闇を見ておかなければならないと気づいたからだ。

宗太郎は爪を出さないように、肉球だけで坊主禿の頭をつるりと撫でた。

「大きくなりなさい」

「大きくなったら、化け猫さんを、おいらの主《ぬし》さんにしてあげます」

「なぬ」

「そのときまで、ごきげんよう」

そう言い残して、坊主禿は手にしていた銚子《ちょうし》を振り回しながら元気よく台所へと走り去っていった。宗太郎が呆気《あっけ》に取られていると、

「ふふ、猫先生より子どもさんのほうが上手みたいですね」

と、雁弥がよく通る声で言い、大広間に笑い声が小波《さざなみ》のように広がった。

坊主禿に見初められてうれしいやら、恥ずかしいやら、だがやはりやるせなさが募って、宗太郎は眉間にしわを寄せた。

大広間には、食事をしている女郎たちの姿がちらほらあった。

「ところで、雁弥、あの者たちが花魁なのか？」

宗太郎が小声で訊くと、雁弥が小さく首を振った。

「あの人たちは、自分の部屋がないから大広間で食事をしているんでしょう。そうだとすれば、女郎です。花魁とは呼びません」

「花魁と女郎は違うのか？」

「部屋持ち以上の位の女郎を花魁って呼ぶんです」

雁弥は説明しながら、そつなく周囲に笑顔を振りまいていた。

役者だけあって、雁弥は色男である。大広間にいる女郎たちの目は、押し出しのいい雁弥に釘付けになっていた。普段は宗太郎に好奇の目が集まるのだが、今は白猫姿を見ている者はほとんどいなかった。

「それはそれで複雑であるな」

一流の美と粋を極めた吉原では、歌川国芳の戯画から抜け出たような白猫姿よりも、歌川国貞《くにさだ》の役者絵から抜け出たような色男のほうが耳目を集めるらしい。しかも、女郎たちが雁弥を見る目は好奇ではなく、あからさまな秋波だった。

「本当、色男ですみませんね」

前を歩く雁弥が首をすぼめて、舌を出した。その口に梅干しでも放り込んでやりたいと宗太郎は思った。

「お客人がた、お寒いでしょうから、お早く長火鉢のお近くへいらして」

もたもた歩いているふたりを、女房が内所からせっかちに手招いた。

「はい、では、遠慮なくお邪魔いたしますよ」

宗太郎と雁弥は手招かれるまま、内所の長火鉢のそばに座り込んだ。赤く焼けた炭を目にしただけで、冷え切った身体が一気に暖まるようだった。

猫旦那どのは寒がってはいないであろうか、と宗太郎はそっと懐をのぞいてみたが、清太はしっかりと眠りこけていた。

「あらぁ、なんて色男なんでございましょうねぇ」

と、離れ目の女房が頰を赤らめて言った。濁声だけでなく、近くで見ると顔の造作までアマガエルに似ていた。

「まぁまぁ、こんな色男が吉原にいるなんてねぇ」

女房は雁弥を見て、ではなく、雁弥の隣に並んで座る宗太郎を見て言っていた。泡雪の毛皮に覆われた顔、清太を抱いているために膨らんでいる懐、その懐を押さえている両腕、いたるところに女房の舐めるような視線を感じ、宗太郎は思わず身震いした。

「新年早々、こんな色男の招き猫さんにお上がりいただけるなんて、今年の万丸屋はこれで安泰ですよ」

そう来たか、と宗太郎は長くひんなりとしたしっぽで畳を叩いた。

「お内所さん、こちらは招き猫ではありませんよ。猫の手屋の猫先生ですよ」

「猫の手屋さん？」

「日本橋長谷川町で、よろず請け負い稼業をなすっておられるんですよ」

「よろず請け負い稼業？」

「今日の猫先生は、わたしのお使いに猫の手を貸してくだすっているんですよ」

「へぇ、猫の手を」

雁弥と話している間も、女房はうっとりとした顔で宗太郎を見つめていた。

相当の猫好きなのか、それとも、宗太郎を招き猫だと決めつけてがっついているのかはわからないが、雁弥のことは一切眼中にないようだった。はじめは明らかに御蔵前の表店の若旦那を名乗った雁弥に興味を持ったはずなのに、ちゃっかりしていた。

「それで、お内所さん、わたしは御蔵前から来た弥一と申します」

「ああ、そうですかい」

「わたしが今日こちらへやって来たのは、柏屋さんのお使いなんです。柏屋さんはおわかりになりますよね？　若旦那の清太さんが通っていましたよね？」

「ああ、そうですかい」

「んもう。ああ、そうですかいって」

これも演技なのか、雁弥が癇癪《かんしゃく》を起こして言い返した。もしも雁弥にしっぽがあれば、畳をパタパタと叩いている場面に違いない。

「女房どの。先ごろ、柏屋の清太どのが亡くなられました」

このままでは埒《らち》が明かないので、宗太郎が代わって話を進めることにした。

「清太どのは、こちらの萩尾どのと昵懇《じっこん》であったと聞いています。今日は萩尾どのに、形見の品を頒《わか》ちに参った次第です」

「ああ、そうで……って、えっ？　今、形見の品って言いましたかい？　どちらさんから誰への？」

「柏屋の清太どのから、萩尾どのへの形見の品です」

「柏屋の若旦那、亡くなられたんですかい？」

「はい」

「そんな……、どうして？」

「それは、その……」

宗太郎が口ごもると、雁弥が口添えをしてくれた。

「流行り病で、あっけなく逝かれてしまったんです」

「おぶしゃれなさいますな」

女房がようやく宗太郎から雁弥へと向き直った。

「こんなことでふざけたりしませんよ」

「そんなことってありますかい？　後の月の紋日が過ぎたころからぱったりとお見えにならなくなって、お見限りだとは思っていたんですよ。萩尾が何度無心状を出しても返事のひとつもこなくって、お情け知らずにもほどがあるって」

　アマガエル似の女房が前のめりになって言い募った。

「清太さん、秋ごろから長患いをしていたんですよ。柏屋の奥で寝たきりでしたので、文の返事を出すこともかないませんでした。それについては常々申し訳がないと、清太さんがおっしゃっていましたよ」

「どうだか、代筆を頼むことだってできたでしょうに」

　言葉の端々から、女房は清太の見限りに腹を立てていることが伝わってきた。

「情け知らずは野暮の極みですわ」

「情けを知らなかったわけではありませんよ。清太さんはこの正月にかろうじて床上げをして、すぐに萩尾さんのところへ向かおうとしていましたよ」

「お見えになりませんでしたけどね」

「ええ、床上げしてすぐにお染風邪をもらってしまいましてね。それで、ぽっくりと」

　雁弥が話を盛りつつ、声を湿らせて語った。

「それはご愁傷さまでした。ですけどね、死人を悪くは言いたくありませんけどね、萩尾をお見限りになったから、きっとバチが当たったたんですわ」

「お手厳しい」

「あたしはね、うちの女郎はあたしの娘だと思っているんですよ。ですからね、お客人選びもよそより厳しいんですよ。あたしがこの目で見染めたお客人しか、馴染みと認めませんからね。それなのに柏屋の若旦那ときたら、ああもう、期待はずれでしたよ」

死人を悪く言いたくないと言いつつ、女房は早口の濁声で清太のことを悪しざまに罵っていた。聞きようによっては、自分の眼鏡違いを清太のせいにしているだけのように聞こえなくもなかった。

「猫旦那どのが眠りこけていてくれてよかった」

宗太郎は懐をさすって、たまらず独りごちた。

雁弥は女房が早口になればなるほど、おっとりとした口調になった。

「お内所さんの言いたいことは、よっくわかりました。もっともなことです。その上でお願いなんですけれども、形見の品をお預ちしたいので、萩尾さんに会わせてもらうことはできませんかね？」

「あたしがお預かりいたしましょう」

女房が手を差し出した。

「いえ、清太さんから、直に萩尾さんに手渡すように頼まれております」

「直にって言われましてもね」

「虫の息の清太さんの枕もとに呼ばれ、頼まれたんです。清太さんは、萩尾さんを残して儚《はかな》く露と消えることを……、大層嘆いておられました。萩尾さんの身を……、ひたすら案じておられました。わたしは清太さんの最後の頼みを……、ううっ、叶《かな》えて差しあげたいんです」

雁弥がはらはらと涙を流した。台詞も涙もすべて演技だとわかっているはずなのに、宗太郎は目頭が熱くなってならなかった。

この雁弥の泣き落としの演技に、女房はだんまりを決め込んでいた。

ややあって、女房が膝に立てていた煙管に火を点け、ふー、と長く紫煙を吐いた。

「萩尾は……、もうここにはいないんですよ」

「え？　では、どこに？」

「死にました」

「えっ」

宗太郎と雁弥の声が重なった。内所のある大広間はあっちもこっちも女郎たちの声でにぎやかだったので、宗太郎はもしかしたら女房の言葉を聞き間違えたのかと思った。

長火鉢の上の薬缶《やかん》がしゅんしゅんと湯気を出す音を聞きながら、しばらくふたりとも声を発せなかったが、雁弥が震え声で訊いた。

「今なんて？」

「ですから、萩尾は死にました」

女房が長火鉢に、カン、と煙管を打ち付けた。

「年末にぽっくりですすよ。萩尾もお染風邪でした」

「ぽっくり……って」

「柏屋の若旦那に見限られて、あの子、食事もままならないほど塞ぎ込んでいたんですよ。そんな弱っているところで流行り病に襲われたら、お察しでしょう。あっという間でしたよ」

「それは……、ご愁傷さまで」

さすがの雁弥も言葉に詰まっていた。宗太郎は驚きのあまり、猫絵になってしまったかのように動けなかった。

しゅんしゅんと薬缶が鳴っていた。先ほどまで騒々しかった大広間が、内所に音を吸い取られたかのように静まり返っていた。

その静寂を破ったのは、

「ニャーン！」

という清太の鳴き声だった。

「あっ、猫旦那どの」

白猫姿の清太が、勢いよく宗太郎の懐から転がり出た。

「ニャー！　ニャー！」

雁弥から言いつけられたように、清太は猫の鳴き真似で何ごとかを訴えていた。

「猫旦那どの、話を聞いておられたのか」

「ニャーン！」

清太が大広間を突っ切り、土間から江戸町一丁目の路地へと駆け抜けていった。人や柱にぶつかり、猫足膳や飯台をひっくり返して走る姿は手負いの獣のようだった。

「な、なんですかい？　今の猫ですかい？　招き猫さんから、本物の猫が飛び出しましたよ。手褄《てづま》ですよ」

腰を抜かしている女房に、雁弥が手を差し出した。

「お内所さん、しっかりなすって」

そして、顔だけで振り返り、雁弥は宗太郎にはこう言った。

「猫先生、ここはわたしにお任せを。今は猫旦那さんが心配です。どうぞ追いかけてください」

「う、うむ。あとは任せた」

宗太郎は脇に置いていた大刀と編み笠を猫の手で掴み上げると、つんのめるようにして清太を追いかけた。路地でも仲之町でも清太は人や物にぶつかりながら走り回ったようで、ちょっとした騒ぎになっていた。

そのおかげで、すんなりと足取りがわかった。人々の話から察するに、清太は大門の外へ走り去っていったようだった。

「どこへ行くつもりなのか」

行くところなど、もうないであろうに。

宗太郎が衣紋坂から見返り柳までやって来たところで、

「若造よ」

と、よく知った声に呼びかけられた。

五

「若造よ」

「ぬっ、その声は白闇か」

「いかにも」

「どこか」

「ここぞ」

三株の見返り柳のたもとで、宗太郎はよく知った声に呼びかけられた。

声の聞こえるあたりをうかがっていると、手招きするように、あるいは手を振るように揺れている見返り柳の足もとから、ニヤニヤと笑う黒猫が姿を現した。

猫の妖怪、猫股の白闇だった。天鵞絨《ビロード》を着込んだような黒い毛皮は夕日を浴びて、不思議と白い闇のように見えなくもなかった。

「お前さんも、ついに女道楽を覚えたかえ」

「これも猫の手屋の仕事である。そこもとのこと、高みの見物をして大方のことは知っているのであろう」

「さあてな」

白闇が金色の目ですくい上げるように宗太郎を見た。

「若造がさがしておるのは、黒猫のわしかえ？　それとも白猫の猫旦那かえ？」

「白猫の猫旦那である」

「猫旦那ならば、三之輪へ向かったえ」

「三之輪……、浄閑寺《じょうかんじ》か」

女郎は死んでも、誰にも弔われない。戒名もない。

『生き様もみじめなら、死に様もみじめでのう』

前に、白闇はそう言っていた。

吉原で死んだ女郎たちは、三之輪にある浄閑寺の惣墓に投げ込まれることになっていた。おそらく、万丸屋で病死した萩尾もそこで眠っているのだろう。

「猫旦那どのは、浄閑寺の萩尾どのに会いに行ったのであるな」

「げに愚かなり」

そう言うと、白闇がウワバミのようにするすると宗太郎の腿《もも》をよじ登り、あっという間に懐に滑り込んだ。

「おおう、何をしている」

「行くのであろう、三之輪へ。わしが案内してやろう」

「何ゆえ、懐に入る」

「疲れたわい、浅草は遠いからのう」

「そこもとは神出鬼没であろう」

白闇のシマは日本橋界隈《かいわい》のはずなのだが、宗太郎が江戸市中のどこにいても呼べば必ず瞬時に姿を現した。もしくは視線を感じて振り返れば、ときに物陰から、ときに堂々と、金色の目でニヤニヤと笑いながらいつも宗太郎を見ているのだ。

大つごもりの晩には、芝は愛宕下大名小路の拝領屋敷にもいた。土地の猫股の猫御前にひどい目に遭わされるところだったのを、なんとなく白闇に助けられた。

「白闇よ、暮れには世話になったな」

「なんのことか、忘れたわい」

「そうか。ならば、それがしが覚えておこう」

とまれ、遊客の出入りの激しい衣紋坂で、黒猫と限りなく白猫に近いさむらいが話し込んでいては人目に付こう。

それに今は清太に追いつかなければならないので、宗太郎は懐で丸まる白闇に手を添えて日本堤を三之輪へ向けて足早に歩き出した。田楽よりも、清太よりも、はるかに白闇のほうが重かった。

「この道を、猫旦那どのは駆け抜けていったのであるな。浄閑寺を目指して」

空が茜色に染まりつつ時分であることを差し引いても、葭簀張りの水茶屋が並ぶ土手八丁に比べると、三之輪村寄りの土手は途端にうらさびしい景色に見えた。

「白闇よ、そこもとが浅草にいたのは暇つぶしか？」

「暇つぶしよ」

「浅草は好かんのではなかったか？」

「浅草は好かん」

以前、白闇がむかし語りをしてくれたことがあった。そのときの話しぶりから、白闇はかつて吉原の花魁に飼われていたのではないかと宗太郎は思っている。

「浅草は不浄の地ぞ。吉原に長くおっては亡八《ぼうはち》になる」

「ボウハチ？」

「仁義礼智忠信孝悌《てい》の、八つの心を亡くした者のことよ」

ゆえに、妓楼の主人は亡八と呼ばれることがある。

「浅草は好かん」

それきり、白闇は黙り込んでしまった。

好かんと言いながらも、白闇は浅草に並々ならぬ思い入れがあるようだった。とりわけ、吉原とは深い因縁があるふうに思われた。

「白闇の目には、猫旦那どのと花魁はどのように見えているのであろうな」

訊いたところで答えは返ってこないが、男女の機微に疎い宗太郎には見えないものが白闇には見えているに違いない。

しばらく黙々と歩いていると、土手と丁字に交わる奥州街道《おうしゅうかいどう》裏道の町並みが前方に見えてきた。ここが三之輪村、または三之輪町であり、日本堤の突き当たりだった。

すぐ右手に、鄙《ひな》びた寺があった。

「ここが……、三之輪の浄閑寺か」

山号を確認した宗太郎は編み笠を脱いで一礼し、苔生《こけむ》した山門を忍びやかにくぐり抜けた。境内は鄙びてはいたが、手水舎や庭木などはきれいに手入れがされてあった。

本堂裏手の墓地に足を踏み入れると、どこからともなくしくしくとすすり泣く声が聞こえた。

「猫旦那どの？」

「しくしく、しくしく」

「そこにおいでか」

「しくしく、しくしく」

墓地のはずれの日当たりの悪い一角に、粗末な供養塔が立っていた。無縁仏や女郎をまとめて投げ込む惣墓だ。

その前で、痩せ細った白猫が涙を滂沱《ぼうだ》とあふれさせていた。

「猫太郎さま……。萩尾は……、萩尾はこんなに冷たくてさびしいところに眠っているんですね……」

「ご不幸なことでしたな」

「かわいそうなことをしましたよう。とうの立った萩尾にとって、わたしだけが……、わたしだけが頼りだったんですよう……」

「苦界とは辛《つら》きものですな」

生きている間は日陰に暮らし、死しても日陰に眠るしかない悲しき命によって吉原は成り立っている。

「保兵衛のせいですよう」

「はい？」

「こうなったのも、保兵衛が百日もの間、わたしを蔵に閉じ込めたせいですよう」

「いや、その言いがかりはお門違いというもの。番頭どのは誰よりも猫旦那どのの身の振りを案じておられたからこそ、心を鬼にして仕置きに出られたのでしょう」

「いいえ、いいえ、おっかない保兵衛のせいですよう」

「それこそが真のやさしさなのです」

つい語気を強めてしまうと、ここまでずっと黙っていた白闇が懐からくぐもった声で誘った。

「ならば、猫旦那、その番頭とやらを七代先まで祟るかえ？」

「白闇よ、何を言うか」

「わしら猫は恩を忘れても、仇《あだ》は忘れはせんからのう」

「恩こそ忘れてはならんものであろう」

いや、今は恩だの、仇だのの話は置いておこう。

「白闇よ、猫旦那どのをたぶらかすな。番頭どのはなんの仇もなしてはいない」

宗太郎が白闇をたしなめている間、清太は涙に濡れた橙の実のような目でじっと懐を見上げていた。

「猫太郎さまの懐にしゃべる黒猫がおりますよう」

宗太郎です、と宗太郎が言い返すよりも早く、白闇がニヤニヤと笑って言い返した。

「わしはしゃべる黒猫ではないわい」

「わたしと同じ幽霊なのですか？」

「お前さんと同じ幽霊でもないわい」

宗太郎の懐から出て、白闇がすっくと二本脚で立ち上がった。

白闇は、カラスの濡れ羽色よりも深い闇色をした烏猫《からすねこ》だ。尻の上に生えている二股のしっぽからは、青白い炎がぽつぽつと浮かび上がっていた。

この青白い炎は、

「エレキテルの気……」

ではなく、

「よもや……、幽霊火か」

と、宗太郎は唸《うな》った。

猫の毛皮は、よく光る。とくに烏猫の毛皮は光る。それは摩擦によって生じる火花がエレキテルの気に見えるからなのだが、白闇の場合はどうやら妖気でも光ることができるようだった。

「猫旦那、わしは猫股ぞ」

「あれま、猫の妖怪ですよう」

「わしは猫に仇なすものは許さんわい」

「白闇よ、そういう話ではないのだ」

　宗太郎は妖しく光る白闇をさらにたしなめたが、当の清太のほうはあっけらかんとしたものだった。

「祟るなんて、それも七代先までなんておっかない」

「そうですぞ、猫旦那どの。猫股にたぶらかされてはなりませんぞ。かの者たちは、退屈しのぎで人間にちょっかいを出すのです」

「ええ、ええ、祟るのだって疲れるでしょうからね」

「疲れる……、いや、そういう話とも違うと思いますが」

「わたしは祟るなんてくたびれ儲けなこと、死んでもご勘弁ですよう。言っても、わたしはもう死んでいるんですけれどもね」

　このとき、清太がはたと動きを止めた。

　そうかと思えば、急に使い古しの筆先のようなしっぽをびびと立てて叫びだした。

「そうですよう、わたしはもう死んでいるんですよう」

　しょぼくれていたひげも、びびびと大きく広がっていた。

「こうしてはいられませんよう。わたし、成仏しますよう」

「成仏……、はて、いきなりいかがしましたかな」

「あの世で、萩尾がわたしの来るのを待っていますよう」

「あの世で……」

「わたしが死んで、ほぼ時を同じくして、萩尾も死んでいましたよう。これはつまり、心中したようなものですよう」

「心中！」

「わたしたち、来世できっと夫婦になりましょう」

「そのように都合よく物事が運びますかな」

「お世話になりましたよう、猫太郎さま」

清太はまったくもう宗太郎の話を聞いていなかった。

「猫股さまも、出会ってすぐにお別れとはお名残惜しくありますが、ひとまずお世話になりましたよう」

そう言って、清太は白闇を真似て二本脚で立とうとしたが、うまくいかずに苔生した地面にひっくり返っていた。

「ああ、魂が極楽浄土へ向かって引っ張られますよう。どうやったら、うまく成仏できるんでしょう」

「抱えている白猫の魂から手を離すがよいわい」

「なるほど、なるほど」

ひっくり返っていた清太がくるりと身を起こし、香箱を作った。

「立つ猫、跡を濁さずですよう。わたしはこれにて白猫の魂から手を離し、この世からおさらばすることにいたしますよう」

すっかり日が傾き、墓地は薄墨色に暮れなずむ逢魔《おうま》が時《とき》を迎えていた。時おり、どこからともなく、しゃれこうべが顎を鳴らすかのような卒塔婆《そとば》の音が聞こえていた。

「それではみなさん、さようなら。色男の雁弥さんにも、どうぞよろしくお伝えくださいましよう」

言い終わると同時に、白猫の背中からゆらりと青白い炎が浮かび上がった。

「あれも……幽霊火？」

宗太郎がつぶやくのを、白闇が笑い飛ばした。

「あれは若旦那の人魂ぞ」

「人魂！」

青白い炎が浮かび上がるや否や、香箱を作っていた白猫がもんどり打って墓地の茂みへと走り去っていった。

「おおう、白猫が逃げてしまったぞ」

「よいよい。白猫にとり憑いていたものが落ちた証ぞ」

人魂を歓迎しようとでもいうのか、カタカタ、カタカタ、と遠く近くの卒塔婆が一斉に大きく震えだした。

「そうは問屋が卸さんわい」

白闇が一喝した。その低い声に墓地がしんと静まり返るなか、二本脚で立つ白闇の姿がたちまち供養塔ほどの高さまで大きくなっていった。

宗太郎がとても猫とは思えない大きさを前にして息を呑《の》んでいる間にも、

「あーん」

と、白闇の大きな口が青白い炎をひと飲みにしてしまった。

「食うのか⁉」

「食わんわい、こんな甘ったるい人魂」

「おおう。性根が甘えったれだと、魂まで甘ったるいのか」

宗太郎は妙なところで感心してしまった。ならば、それがしのように性根が石部金吉だと、魂まで堅いのであろうか。

と考え、そうではない、と宗太郎は頭を振った。

「猫旦那どのの人魂をどうする気か」

「勝手に成仏されては困るわい」

「幽霊のままでいろと言うのか」

「木天蓼《またたび》の狼煙《のろし》を上げてある」

「木天蓼の……」

「あやつら、来るのが遅いわい」

「あやつら……」

あたかも見計らったかのように、この頃合いで切れ切れにへんてこな掛け声が聞こえてきた。

「にゃっほ、にゃっほ」

「にゃっほ、にゃっほ」

その息の合った掛け声を、宗太郎はよく知っていた。

「にゃっほ、にゃっほ」

「にゃっほ、にゃっほ」

「まさか……、寝子屋のテツとロクか」

ねの字の腹掛けをして、ねの字の編み笠を被った鯖猫《さばねこ》の寝子屋鉄蔵《てつぞう》。その相棒の、雉猫《きじねこ》の寝子屋六郎。

「何ゆえ、ここに寝子屋のテツとロクが来るのか」

寝子屋は駕籠屋だ。鉄蔵と六郎は二本脚で立ち、四つ手駕籠を担ぐ。

すなわち、死者を運ぶための火の車を引く妖怪、火車《かしゃ》なのである。

「あやつらは猫の手に職のある職猫だわい」

「寝子屋が運ぶのは、死者は死者でも罪を犯した死人であろう？」

「いかにも」

「極楽浄土ではなく、地獄へ連れ去るのであろう?」

「猫旦那は人殺しぞ」

「何を言うか、猫旦那どのは誰も殺《あや》めてなどおらん! 死人を冒瀆《ぼうとく》する気か!」

「おのれでおのれを殺したわい」

「おのれを……」

「自死とは、そういうことよ」

大きくなったままの白闇が、どこから取り出したのか煙管を口にくわえた。この煙管の中にあるのは刻み煙草ではなく、木天蓼だ。

「それに、言ったであろう。わしは猫に仇なすものは許さんわい」

「いや、猫旦那どのは猫に仇など……」

「通りすがりの白猫にとり憑いて難儀させたであろう」

「それは……」

先ほど清太へ向かって言い放っていたのは、そういう意味だったのだ。

「猫旦那どのは極楽浄土には行けない……ということか?」

「さぁて、閻魔《えんま》のみが知っておろうよ」

「三途の川岸で、せめて萩尾どのとすれ違うことくらいはできようか?」

「それも、閻魔のみが知っておろうよ」

お前さんにできることは、もう何もないわい。

暗にそう言われているようなもので、宗太郎は無力な猫の手を握りしめた。

「にゃっほ、にゃっほ」

「にゃっほ、にゃっほ」

寝子屋のテツとロクの声が、すぐ近くに聞こえた。

「双六の賽《さい》は、生きて、生きて、生き抜いた者のみが振れるものぞ。死んだ者に振る資格はないわい」

「生き抜いた者のみ……、いかにも」

死しても、何も始まりはしまい。死してしまったら、もう何も始まらない。

宗太郎は無念さをにじませ、金色の目を閉じた。

「にゃっほ、にゃっほ」

「にゃっほ、にゃっほ」


「あっ、猫先生」

見返り柳まで戻ってきた宗太郎を、万丸屋の箱提灯を手にした雁弥が出迎えた。

日はとっぷりと暮れ果て、衣紋坂は夜見世目当ての客や冷やかしで大いににぎわっていた。

「ああ、よかった、なかなか戻って来ないんで心配しましたよ。おひとりですか？　猫旦那さんは大門の外へ向かったって仲之町にいた人たちに聞いたんですけど、見つからなかったんですか？」

「猫旦那どのは……」

宗太郎は言葉に詰まった。

白闇の口から吐き出された清太の人魂は、寝子屋の四つ手駕籠に乗せられて旅立っていった。どこへ向かったのか、宗太郎は敢えてテツとロクに訊かなかった。

「猫旦那どのは成仏した」

行先が極楽浄土だろうが、地獄だろうが、成仏したことに変わりはないので、宗太郎は短く答えた。

「成仏……、そうですか」

箱提灯に照らされる雁弥が、沈痛な面持ちになった。成仏は喜ばしいことのはずだが、二度死んだことになると考えれば、雁弥も胸中は複雑なのだろう。

「猫旦那さんにとり憑かれていた白猫は？」

「無事、逃げおおせた」

「ああ、それはせめてもの救いですね。ひとつの身体にふたつの魂が入っているなんて、白猫も窮屈な思いをしていたでしょうから」

「白猫も憑き物が落ちた心地であろう」

「憑き物の猫旦那さんはどこで成仏したんですか？」

「浄閑寺の、女郎が投げ込まれるという惣墓の前で旅立っていった」

「やっぱりそうですか……。おかわいそうに、萩尾さんが亡くなったって信じてしまったんですね」

「ふむ」

うな垂れてから、宗太郎は雁弥の言い方が引っかかって顔をあげた。

「信じても何も、万丸屋の女房どのから聞かされたではないか」

「それは表の話です」

「なぬ？」

「あの騒動のあとで、お内所さんから裏の話を聞き出しました。なかなか口を割ってくれませんでしたけど、萩尾さん、生きていますよ」

「なぬ⁉」

「暮れに身請《みう》けされて、今は目黒村《めぐろむら》で暮らしているそうです」

「身請け……」

宗太郎は猫の手で猫耳をかっぽじった。

「身請けとは……」

「お大尽が遊女の借金を妓楼に全部支払って、請け出すことです」

それぐらいは宗太郎も知っている。

「身請けとは、花魁と昵懇のお大尽がするものなのではないのか？」

「ふつうはそうでしょうね」

「では、そのお大尽とは猫旦那どののことか？」

「猫旦那どのは蔵の中にいましたから、別のお大尽ですね」

「いや、いやいや」

宗太郎には話がさっぱり見えなかった。

「猫旦那どのは、萩尾どのと夫婦になる約束をしていたのであるぞ？」

「猫旦那さんのほかにも、萩尾さんと夫婦になる約束をしていたお大尽がいたんでしょう。言ったはずですよ、起請文なんてそんなものだって」

唖然《あぜん》として口をぱくぱくさせるだけの宗太郎に、雁弥が万丸屋の女房から聞いたという真相を語った。

「萩尾さんは二十六、とうの立った花魁です。あと一年で廓の外に出られますけど、その一年がどれほど過酷なものか、よくわかっていたんでしょう。あと三月、あとひと月となったときに命を落とす女郎もいます。そんなの、あんまりにも悲しいですよね。きっと、生きて廓の外に出たかったんでしょうね」

「生きて……」

「万丸屋のお内所さんは猫旦那さんをお見限りだって罵っていましたけど、萩尾さんこそ、無心しても返事のない猫旦那さんを見限ったんです」

「萩尾どのは、猫旦那から受けた恩を……忘れたのか？」

「生きるためです」

「生きるため……」

白闇も言っていた。

『双六の賽は、生きて、生きて、生き抜いた者のみが振れるものぞ』

清太は死んで人生の双六をやり直すことを選んだが、萩尾は生きて何度でも賽を振ることを選んだ。つまりは、そういうことなのだ。

「生きているのなら……、それは何より。さすれば、何ゆえ、万丸屋の女房どのは萩尾どのが亡くなったと告げたのか？」

「お内所さんなりの方便だったみたいですよ。猫旦那さんが亡くなったって聞いて、その使いでやって来たわたしたちに、萩尾さんだけが幸せに生きていますなんて言えなかったんですって」

「なんともはや、吉原とは役者ぞろいか」

「ええ、芝居町以上にね」

おどける雁弥の声は明るく聞こえたが、顔つきは暗かった。表の話も、裏の話も、決して後味のいいものではなかった。

その後味の悪さは何から来るものなのかと考え、

「亡八……か」

と、宗太郎は思った。

白闇が吉原に長くいると亡八になると言っていた意味が、少しだけわかったような気がした。吉原で生きて、生き抜くことは、仁義礼智忠信孝悌の八つの心を亡くさなければならないほど過酷なことなのかもしれない。

宗太郎は、大門の向こうの吉原を見やった。

夜の帳《とばり》が下りた吉原は、無数の明かりが灯《とも》る不夜城だった。あの明かりの下に深い闇があることも知らず、いや、知っていながら知らぬふりをすることを粋として、男たちは今宵も一夜の夢を見るのだろう。

「猫旦那さんに、いい来世があるといいですね」

雁弥が浄閑寺のある三之輪へ向かって両手を合わせたので、宗太郎も猫の手を合わせた。寝子屋の駕籠に乗せられたものにも来世があるのかは、わからない。閻魔大王にしかわからないことだ。

　今はただ、冥福を祈るばかりである。

「わたしは来世でも役者をやっていたいです」

「そうか」

「猫先生は、来世も猫がいいですか？　それとも、今度こそ人がいいですか？」

「猫先生ではない。それがしは人である」

「猫先生の人生の双六も、なかなか波瀾万丈ですよね」

「であるから、猫先生ではない」

「まぁ、たとえ波瀾万丈だとしても、あがりがいいものだったら、終わり良ければすべてよしですよね」

「人生の双六のあがり……か」

「猫旦那さんはあがらずにふりだしに戻ってしまって、もったいないですよね」

　宗太郎はおのれの手を見た。あずき色の肉球のある猫の手だ。

　この先も奇妙奇天烈な白猫姿のままでいるのか、いずれは百の善行を積んで人の姿に戻っているのか、人の一生が双六なのだとしたら、それがしのあがりはどうなっているのかと途方に暮れた。

「よいあがりを迎えるには、駒を進めるしかあるまい」

そのためには、生きて、生きて、生き抜いて、この猫の手で何度でも賽を振ろうと宗太郎は思った。

この作品は、集英社文庫のために書き下ろされました。

かたやま和華の本

猫の手、貸します

猫の手屋繁盛記

ある事情で猫の姿になってしまった浪人・宗太郎（通称、猫太郎）。裏長屋で便利屋「猫の手屋」を営む彼の元には、人々の相談が舞い込んで……。奇妙奇天烈な猫のサムライが大活躍するあやかし時代劇！

かたやま和華の本

化け猫、まかり通る
猫の手屋繁盛記

とある事情で猫の姿になってしまった浪人の宗太郎。善行を積めば元の姿に戻れるということから、市井の人々から舞い込んだ依頼を受けて今日も奔走する。大人気あやかし時代小説、第2弾！

集英社文庫

集英社文庫

ご存《ぞん》じ、白猫《しろねこ》ざむらい　猫《ねこ》の手屋《てや》繁盛記《はんじょうき》

2019年6月30日　第1刷　　定価はカバーに表示してあります。

著　者　かたやま和華《わか》

発行者　徳永　真

発行所　株式会社　集英社
東京都千代田区一ツ橋2-5-10　〒101-8050
電話　【編集部】03-3230-6095
【読者係】03-3230-6080
【販売部】03-3230-6393（書店専用）

印　刷　図書印刷株式会社

製　本　図書印刷株式会社

フォーマットデザイン　アリヤマデザインストア　　マークデザイン　居山浩二

ISBN978-4-08-745896-1 C0193